Ohno Furyu
大野風柳

川柳を、はじめなさい！

senryu wo hajimenasai

新葉館ブックス

はじめに

わたくしは、今回の出版に当たってひとつの発見があった。

それは、校正を兼ねて全体を読みつづけていく中で、なんとなく大きな世界の中に、たったひとりでいる感じだった。

そして、毎月の「川柳マガジン」の原稿締切日が迫ってくる焦りと闘って書きつづけた五十二回の原稿に、私は素直に手を合わせていた。

「やはり書いておくことはすばらしいことだなァ」とつぶやいた。

文だけではない。句も然りだ。

絶対に文字として書いておくことだ。

本当に今回の五十二回分は勢いで書いたと言ってよい。ペンの速さが感触として残っている。感謝！

著　者

川柳を、はじめなさい！■目次 Senryu-wo hajimenasai !

川柳を、はじめなさい！

第一章　自分を変えて、川柳を変える

川柳マガジン川柳大会が残してくれたもの

2006-01　No.56

第一回川柳マガジン川柳大会が十二月四日(日)十時から、新潟グランドホテルで開かれた。

第一部は『現代大衆川柳論は是か非か』をテーマとして、斎藤大雄氏の基調トークをはじめに、四名のパネリスト（菅原孝之助・鈴木如仙・竹本瓢太郎・尾藤一泉）の激論が二時間にわたって繰りひろげられた。コーディネーターの私も苦労したが、会場の皆さんからは喜んでいただけたと思う。

第二部の事前投句、当日課題も選者の個性あふれる披講で、会場に緊張感が張った。

これらの詳細は川柳マガジンの方から紹介されるので省略するが、私なりの所感を述べてみたいと思う。

『現代大衆川柳論』は同誌上でも連載されたので読んでいただいていると思うが、当日はそのポイントを分かり易く斎藤大雄氏ご本人が解説してくれた。

それを受けて四名のパネリストの討論となったのであるが、非の側に立った孝之助氏、一泉氏らも大衆論すべてを否定しているのではなく〝いま、なぜ大衆論なのか〟をテーマにしているかのように思えた。

考えてみると全国でただひとつの川柳総合雑誌「川柳マガジン」だから、この大衆論が読者から受けたのであって、川柳界ではそれ程人気があった訳ではないと私は思う。このことはパネリスト全員が十分知っての上での討論だっただろう。

したがって「分かる句・分からない句」でも既に結論は出ていたのである。

自然と私の右側が賛成派・左側が反対派のようになったが、あれだけの参集者の前でそれぞれから忌憚のない意見が出されたことは非常によかったと思う。

次に出された〝定型〟については、竹本瓢太郎氏の五・七・五を死守する決意が伝わり、シーンとする場面もあった。

考え方が違うということは、どの世界にもあることであってどちらが正しく、どちらが誤りと決められるものではない。四名のパネリストが実に正直に、本音で語り合えたことはすばらしいと思う。

私は壇上でこれは「川柳マガジン」であったから出来たのだと思った。ひとつの吟社が主催してはここまでの本音は出ないであろう。

また開催地が新潟という地方であったこともよかったのではなかろうか。

そして、なぜ吟社が主催するとこのような本音の討論が出来ないのか、むしろこの辺に大きな問題点があると言えよう。

私は前から「人それぞれ・花それぞれ」とか「みんな違って・みんないい」を唱えてきた。これは川柳だけではない。人生にも通用することばである。

今回はまさにこれを地でいったと思う。参集のひとりひとりが、違ったいろいろな意見を聞いて、たとえどんなに小さくとも自分なりの理解と納得を大切にして欲しい。そして周りの友人同志で話し合って欲しい。自分の尊敬する先生に尋ねて欲しい。そして自分なりの小さな結論を持って欲しいのだ。是とか非を何も急ぐことはない。

いまの日本の川柳界では、あまりにも違った意見同士の交流がなさすぎるのだ。このチャンスを「川柳マガジン」が提供してくれたと思う。

今回のディスカッションを進めていくなかで、結局は指導者というところに行きつくのである。

私はふっと「二刀流」を見事使いこなした川上三太郎のことを思った。

「ボクはネエ、二足のわらじをあえて履いているのだヨ」と、鼻の穴をふくらませて笑っている川上三太郎を思った。指導者には、この「器」の大きさがどうしても必要なのだ。

最後の懇親会のなかで見せた「センマガ」編集スタッフの涙がとても爽やかであった。とても美しかった。

「川柳マガジン」はこれからも商業雑誌に徹して、われわれ川柳家の出来ないことをどしどしやってのけて欲しい。

己を知り川柳を知る

2006-02 No.57

年末に送られてきた『点鐘雑唱』（現代川柳点鐘の会発行）のあとがきで、墨作二郎氏がこんなことを書いていた。

「（前略）川柳作品の多くは、今も句会や結社誌に投句することで発表されている。選者が実力者である場合はいいが、それはごく僅かで、殆どは川柳に長くかかわっただけ、柳社の役割や立場の都合による選者の起用が多い。

それらの時代によって扱われる作品の取捨こそ無惨と言うしかない。その上、柳誌の添削指導のおろかさは限りない。原句のよさが削がれ、無体に定型に詰め込まれた虚しさをどう思えばいいのだろうか。

類似作品の工房と言うしかない。要は指導者不在の川柳界に手をこまねいたままの川柳結社は無能と断じるしかない。

作品をどう見るかは選者の責任である。選者の自己満足で作品を選ぶのでは事態は良くならない。選者自身が勉強して広い視野で投句者の心を受け止めるのである。いい選者にいい作品が集まるのは自明の理であってそれ以外にない。

多くの作品から選ばれることとは、多くの作品に立ち向う勇気と健気さを持つことである。

（後略）」

私は「そうだ、そうだ」とうなずいていた。

実は晩秋、ある大会の前夜祭で数人の選者の前でこう言った。

「指導者があまりにも勉強不足だ」と。すぐに返って来たことばは、

「何を勉強せよと言うのか」であった。

私の言う「勉強不足」という真意が通じなかったのだ。

川柳に限らず、人の上に立つ人は常に「いまの自分に満足してはならない」のである。

企業のトップにいる人が、いまの自分に満足していたならば忽ち企業は下落するに違いない。

私は、ことしの柳都新年大会の挨拶でこう訴えた。「自分が変わらなければ、相手も変わらない。まず己を変えることだ」と。

これはすべての世界でも言えると思う。とくに指導者自身が変わらなければ、誰も変わらない。もちろん川柳作品そのものも同じである。

前述の墨作二郎氏も同じ思いなのだと思う。

すべて〝己を知る〟ことが原点と言ってよい。

ただおもしろい（?）ことに、私は墨作二郎作品がどうしても理解できないのである。平たく言えば〝分からない〟のだ。

これは作品そのものに問題があるのか、それともその作品を理解できない私の方に問題があるのか――。永久の課題のようだ。

よく言われている「一読明解」とか「誰にも分かる川柳」というのがある。これはある通過点で言えることばであって、川柳すべてが決してそうではない。一生そのような川柳を作り続けるのではあまりにも可哀想だと思うのだが。

「自分を変えて、川柳を変える」これを私の今年のスローガンにしたい。

○

私はどちらかと言えば子供の頃から緊張する性質だった。心臓が破裂しそうなことや、頭が真っ白になってことばを失うことが多かった。

そんななかで、私は「川柳」で鍛えられたと思う。いつしか心臓もおとなしくなりことばが自然と口から出るようになった。そして川柳が好きになればなるほど、ことばが勝手に飛び出し、その勢いがまた私に川柳を近づけてくれた。

私は緊張するよりも興奮している自分に気づいた。

大会などの披講も同じことが言える。正直言って、今でも壇上で番を待つときの鼓動を意識する。そしてそれを大切に持ちつづけるように心掛けている。

いざ出番になると一種の興奮がその鼓動を消してくれる。

〝話術よりも話力〟。これは数十年前に日本言論科学研究所所長の江木武彦さんから教わったことばである。

その頃、話力とは話す力だと思っていた。しかもこの力を大きくしようと努めたこともあった。しかし、今ではこれは大きな力ではなく、秘めた力だと分かった。体の中に蓄積されている力だと知った。そしてごく自然にその時の自分に合ったその時の言葉でよいと気づいた。

披講で何よりも大切なことは、いま読みあげている作品を誰よりも好きだということと、いま披講に耳を傾けてくださる人たちとの会話でいいと思うようになった。

もっともっと読みあげる喜びに浸ってよい筈である。

披講はその人のものであって、他と比較するべきものではない。自分らしさを自然に出していけば、必ずや人の心に染み込んでいく筈である。

何ごとも喜びと楽しさがなければならないものなのだ。

2006-03　No.58

遊びのこころ

私はときどきチャンネルと無関係に、いきなりテレビをつけてその時の映像との出会いを楽しむ。

もちろん新聞の番組表を確めて、見たいものを見ることもあるが、ぶっつけ本番の見方に案外すばらしい内容との出会いが多い。

なぜこんなことを書き出したかというと、この〝遊びごころ〟がいろんな意味で、私たちが生きていく中で大事だということを申し上げたいのである。

むかし、むかし「よく学び、よく遊べ」という教えがあった。私が小学生の頃である。昭和ひとけたの時代である。

学ぶだけでなく、遊ぶときには大いに遊びなさいという意味で教えられた。

この「学び」と「遊び」とは別々に存在していたと思う。

しかし、いまの時代ではこの「学び」と「遊び」とは同時に存在しているようである。つまり、遊びの中に学びを、学びの中に遊びをというふうに理解してよいのではなかろうか。

このように同じ表現語でも、その時代によって変化していることに気づかねばならない。

私は若い頃、川柳で遊ぶことなど決して許せなかった。もっともっと真面目に取り組めと叫び、訴えてきた。そういう時代だったとも言える。川柳が低俗なもので、皮肉や揶揄やことば遊びと思われていた時代への抵抗だったのであろう。決して間違ってはいなかったと思う。

川柳は〝いまを詠む〟文芸だと思っている。その〝いま〟の中には〝いまの自分〟で〝いまの時代〟〝いまの人間〟をためらいなく詠うという意味がある。

〝いま〟があるから〝明日〟があり〝昨日〟があったのだ。

話が横道に行ってしまったが、テレビまたはラジオの番組との出会いをひとりで心ゆくまま遊びながら楽しんでいる。

出会いとは、自分から仕掛けていかなければチャンスはない。この自分からの仕掛けこそ川柳の大切な心なのかも知れない。そして常に何かないかな、という好奇心が大事だと思う。自分のテンションを高めておくことである。

何かを求める――この姿勢が川柳家に欠けているのではなかろうか。

私は学校を卒業する年に就職と「柳都」という川柳誌の発行という二つの仕事を同時に持った。したがって私の人生は常にこの二つの存在が当たり前のようになってしまったのである。

仕事と趣味が別々にあるのではなく、まさに表裏一体の形で私は取り組んだと言ってよい。あたかも振り子の原理のように、右を仕事とすれば左が川柳で、一方に打ち込むことにより、もう片方にも大きなエネルギーとなってがんばれたと言える。

そうした中で体で憶えたことは「仕事に追いかけられるより仕事を追いかけよう」「川柳に追いかけられるより川柳を追いかけよう」ということだった。

追いかけられる惨めさよりも、追いかける痛快さの方が私として楽だったからである。

不思議なことに追いかける立場に自分を置くと、ファイトが湧くし、自分を主役の立場に置かなければならなく、どうしても仕掛けることを考えざるを得なかった。

そうした中で、私は自然に〝遊び〟を入れる方法をとったと思う。これは身を守るためだったとも言える。

いわば『よく学び、よく遊べ』を表裏一体としていったと思う。そして遊ぶ心の中から学びを求めるようになっていった。


私が六十歳前後の頃、二回に亘る癌の大手術をやった。手術後の苦しみの中で、降りしきる雪をみながら、ふっと〝雪と遊ぼう〟と思った。子供の頃は確かに雪と大いに遊んだ。大人になっていつしかそれが〝雪と戦う〟ようになっていることに気づいた。子供に帰ろうと思った。そして楽しく雪と遊ぼうと思った。

とたんに降りしきる雪も、実に美しく、実にあたたかく見えてきたのである。不思議な体験だった。

〝遊ぶ〟ことの意味をこれからも求めようと思っている。


話題を変えて「表情」ということに触れてみよう。

今年に入って間もなく漫画家の加藤芳郎さんが亡くなった。川柳も漫画と共通しているところがあり、漫画家の何気ないことばなどに教わることが多い。加藤芳郎というと、すぐにモジャモジャ頭とチョビひげが浮かぶ。そして六八年から九一年までテレビでの「連想ゲーム」を思い出す。あの司会の妙に私は夢中になったものだった。

連想ゲームの司会をしながら、あの手ぶりや顔の表情が今もはっきりと浮かぶ。伝えるには「ことばよりも表情」こんな教訓を感じた。

川柳家はとかく作句に気をとられ、自分の表情を忘れていらっしゃるようだ。まず「表情」を心して欲しい。もっともっと「喜・怒・哀・楽」の表情を日常の中で出して欲しい。

そこからすばらしい川柳作品が生まれるように思うのだが――。

故人を偲んで、漫画家やくみつる氏が、加藤芳郎のことばを語っていた。

「若者が漫画が果たしておもしろいかどうかはわからない。とにかく自分がおもしろければいいとわかった」と。

役に立たないもの

2006-04 No.59

演出家の久世光彦さんが亡くなった。〝昭和の語り部〟と言われ、昭和の風景と人情をとことんまで追求した人である。

昭和三十年代の東京下町の風景のなかには、安心して暮らせる町があり、そこに住む人たちはみんな友だち顔ばかりだった。

地方の人が「私の田舎に似ているところだ」と懐しさを語ったと言う。

フラフープ、だっこちゃん、そして町の塀に書きなぐられた落書き。

鉄道線路に遊ぶ子供たち、ポーッと汽笛が鳴ると線路から離れて手を振りその汽車を送る。そんな一挙手一投足にも懐しさがこみ上げてくる。

久世さんの作った画面は、単なる郷愁ではなく、ひとつの教訓のようなものを感じさせる。

形ではなく、心の部分を表現しようとしていた。

したがって「時間ですよ」や「貫太郎一家」などは、形を変えて心の部分を訴えていたと思う。

つまり昭和時代のそこにあった人情を今振り返らせるものを投げかけていたのである。

そんなとき私はふっと時事川柳を思った。時事川柳は単にその時代の事件を詠うだけでなく、その時代に生きている人の心理や情を後世に残すことができないものだろうか。私への課題として考えてみたいと思う。

改めて久世光彦さんのご冥福を祈る。

さて、昨年のことで恐縮だが、日本ペンクラブの会報（十月一日号）が創立七十周年を迎えた特集号として発行された。

同会は一九三五年十一月二十六日に発会式があり、初代会長が島崎藤村だと知った。その時の挨拶文をいま読んでみると貴重な一文である。

その特集号で、九月例会のミニ講演が載っている。講師は数学者でありエッセイストの藤原正彦氏で「天才を生む三つの条件」を話されている。

しかもタイトルがおもしろい。〝数学者の国語論〟である。

その三つの条件に私は興味を持ったので紹介してみよう。

その冒頭で

「私は数学者ですが、日本のあらゆる学芸の中で飛び抜けているのは、文句なしに文学だと思います。

その次にいいのが、実は数学です。物理や化学や生物もいくつかノーベル賞をもらっていますけれど、文学や数学に比べたら比較にならないレベルです。

なぜこの二つがそれほどすばらしいのかということについて、私の思うことを話したい。

ただ、私の思うことは、ほとんどが全部偏見と独断、嘘と誤りと誇張と大風呂敷ですから、あまり本気にしないで下さい」

と始まっているが、これだけでも一層興味が湧くではないか。

「天才を生む三つの条件」のその一つは〝美の存在〟だと言う。楽しくない所からは絶対に出てこない。醜いところからも出ないと言う。

例えば、美しい自然、美しい建築物があるとか、美しい文学のある所から出ると断言している。

第二には〝ひざまずく心〟がある所。それが神であっても、仏であっても、キリストであっても、あるいは自然にひざまずく心であっても、何でもいいから何かにひざまずく心。これがある所に天才が生まれる。

第三は、精神性を尊ぶ土壌だと言う。金銭とか物質よりも精神を尊ぶ。

別の言葉で言うと、役に立たないことを尊ぶ。これがあるかないかである。役に立つことだけを尊ぶ国からは、まったく天才は出ないとおっしゃっている。

話はその後延々とつづくのであるが、この三つの条件を川柳と重ねて考えるのもおもしろい。

この藤原正彦氏の講演のあと、現在のペンクラブ会長の井上ひさし氏のことばが実におもしろいのだ。

「藤原先生、すばらしいお話、ありがとうございました。胸がすーっとしました。私はずっとものを書いてまいりましたが、あまり役に立っていないなあと思って、今日に至っております。

つまり、我々の誰かが欠けても世の中困らないわけですよね。困らないのは困ったなぁと、ずっと思っていたんですが、今日、藤原先生は、世の中を直接的に変えない、世の中から見れば役に立たないことをやっている私たちの集まりにすごい力を与えてくださった。というふうに、まあ、皆さんはどう思われたか分かりませんが、僕は、そう思いました。

それでは、今日の藤原先生のお話と皆さんに感謝し、皆さんのご健康をお祈りして　乾杯!」

この締めくくりの絶妙さはさすがである。

川柳界ももう少し大人の世界にならなければいかんなぁ。

“空穂のことば”との出会い

2006-05　No.60

今回のWBCベースボールでのイチローの存在が日本人の心を打った。いままでのクールなイメージを一掃し、子供のようにはしゃぎ回る行動や観客席のマナーを失したことへの怒りなどに、私はイチローの人間そのものを見た思いであった。

彼はこうまで言った。「日本チームの一員として送られて来た野球帽を子供のようにかぶってはしゃいだ」と。

この項でも触れたと思うが、イチローの顔は歳とともに深みは消え、むしろそぎ落されてスリムになった。

しかし今度ほど彼の表情に人間的な深みを発見したのは私だけではないと思う。「野球は孤独だ。常に競争だ。たとえチームメートでも競う関係だ。しかし今回はチームがひとつになって力を合わせて相手と戦った」と述べている。

そして最後の最後に、世界一になったときの王監督と抱き合った姿は実に美しかった。

イチローは私たち川柳家にも多くの教訓を残して、ひとりでアメリカへ戻って行ったのである。

まさに〝男のドラマ〟だと私は思った。

先日、私は川柳マガジン誌上連載中の「現代川柳時評」五十五回分をまとめて「川柳よ、変わりなさい！」を刊行した。

いろいろな反響が寄せられているが、「川柳よ」とは何のことか。川柳作品なのか、あるいは川柳界そのものなのか、また川柳を作る人を指して言うのか。いろいろと話題になっているらしい。

これは読んでいただくその人の考えでよいと思う。

要は「いまのままでいいのか」と考えていただければよいことなのである。

たまたま、私宛に東京の「まひる野会」というところから創刊六十周年記念号の短歌雑誌「まひる野」が送られてきた。二八二ページの大冊である。別冊付録として〝空穂のことば〟

という小冊子が同封されてきた。会の代表に篠弘さんの名前を見て発送人がすぐ分かった。この〝空穂のことば〟のはじめに篠弘さんがこう述べている。

「古来の歌人がそうであったように、近代の短歌は、歌論とともに展開してきた。作歌を実践するとともに、歌に対しての信念を語り、自身の作歌態度や方法を明らかにしてきた。とりわけ窪田空穂の歌論は、じつに厖大である。〝自我の詩〟の命題とともに、一貫して〝個性を遂げる〟という課題が推移する。（中略）

ここに創刊六十周年記念号の別冊とする。空穂歌論を知る手懸りとなり、各身の論作にわたる身近な道標として、とくに作歌をうながす礎となることを希うばかりである」。

ここで〝空穂のことば〟を紹介して、私の考えを申し上げたい。

・自分を殺した所には歌はない（短歌作法入門・昭22）

・分かり易いと浅薄に感じられる。もともと詩である。多少の分かりにくさは却って歌に深味を添えるものだという心持が或る時期の人にはありがちである。これはまさしく誤った考えである。

本来分かり易いなどというものはない。真相を捉えた時にだけ分かるものとなる。しかし分かり切ってしまったのではない。深味というものは、分かったものだけが持てるもので、分からないものには、深味はさて置き、その反対の浅薄さえもないのである。

一事を十分に言い切る。言い切って、分かり易いものにすると、そこに初めて深味が添って来るものだ。（短歌作法入門・昭22）

いかがであろうか。「自分を殺した所に歌はない」と言い切れるのも、短歌の道を極めたからであろうが、考えてみれば実に当たり前のことなのである。なぜならあなたがその作品の作者だからである。

自分が作ったものに、自分がそこにいないということはない筈である。

その当たり前のことを私たちはついつい忘れているようだ。

私が「川柳よ、変わりなさい！」と言ったのも、この変わることは人間が生きていくなかで当たり前のことだとも言える。

変わろうとする努力は常識とも言える。

私は川柳作家たちが、どのように変わるかを考える前に、この変わろうとする姿勢だけは持たねばならないと思っている。

私はこの著書のなかでも「当たり前」とか「普通」とかを素通りすることなく、改めてその持っている重さを知ることの大切さを書いてきた。

つまり「普通の川柳」をもう一度探ってみるべきだということである。

いつの時代でも「詩性」とか「革新」とか「伝統」とか、そして「中道」とか区別しようとしているが、この「普通」から見れば形だけを追って論争しているのではなかろうか。

この〝空穂のことば〟を読んでみて、この大切なものに触れる思いがするのである。

もう少し借用してみたい。

•他人の物は大きいように覚える。思うように出来ず、やや自分を疑っている場合などには、不思議にもこう成りたがる。

こういう場合には、我々は退いて、静かに自分を眺める必要がある。

•歌の集団はいくつあってもかまわない。

否多ければ多い程いい。それは、歌を作ろうとする人の傾向はそれぞれちがっていて、ちょうど種類を異にした種子のようである。この種子はそれぞれ、それに適した温床を必要としている。その温床が即ち集団なのである。異った集団が必要である。

先のことばは驚くなかれ明治四十一年、後のことばは昭和十三年のものである。

私はこの〝空穂のことば〟との出会いで、喜びと感謝でいっぱいになった。

他人を変えることは実にむつかしく、自分を変えることの方がたやすいものなのだ。

外に触れ外を知ることによって、内がよく見えて分かってくるものなのだ。

2006-06 No.61

〝志〟の伝達を

テレビなどで政治討論会や、社会時評などを見ていて、いつも思うことであるが、〝背景にある時代の大きな流れを忘れてはいけないなア〟としみじみ感じる。

いくら正論であっても、今の時代に通用しない、というより通用しにくいことがあることを頭に入れておかなければならない。

一足す一は二である。これはいつの世でも正しいが、〝背景にある時代の流れ〟によっては二と決めつけられぬこともあると思わねばならない。

川柳界においても同じことが言える。初代川柳が前句付点者として立机してから二五〇年。明治に入って新川柳を唱えてから一〇〇余年。以後大正、昭和、そして平成の時代に入ってからも、その時代の流れの中で多くの柳論や作品が発表されてきた。

そしてそれぞれが〝背景にある時代〟の中での柳論であり、作品であるということを忘れていけないと思う。

「川柳マガジン」五月号の特集として〝川柳結社の功罪〟が取り上げられた。タイミングの良い企画である。筆者は齊藤大輔氏で、あくまで「川柳マガジン」サイドの発言として私は読んだ。

腹立たしさを押さえながらの発言だが、果たしてこれを読む指導者たちがどれだけの危機感で読むかどうかである。

ところどころに商業雑誌らしい発言もあり顰蹙を買うところもなきにしもあらずだが、

私としてはおもしろく読ませていただいた。

いまここにそのひとつひとつを取り上げて賛否を述べるだけの時間はないが、とくに結社のあり方について私なりの考え方を述べてみたい。

齊藤氏はこう言っている。

「結社とは、特定の目的達成のために人が集まる団体を指すのだから、目的がない結社は結社ではなく、目的のない人ばかりが集まっている結社も結社とは呼べない」。

「同人制であるにも拘わらず、人の上に人を作る結社が多くあり、特権階級者のための団体になっているところが、残念ながら多くある」と。

結社には代表者がいる。主宰と呼んだり主幹と呼んだり、ときには会長とも呼んでいる。

私はこの人たちには必ず旗がなければならないと思う。旗とは代表者の川柳理念であり、川柳観である。

いま全国の大結社は創立七十年とか九十年の歴史を持ち、その代表者も四代目とか五代目に当たっている。創立者の旗は鮮明であるが、その代が変わることによりいつしか旗よりもその人の作品や川柳観になってしまう。それはそれでよいのだが、創立者の〝志〟をキチンと引き継ぎながら、その時代時代の代表者独自の思想を付加していくべきであろう。

それでよいのだが、とかく代表者の旗の色が不鮮明になりがちとなる。この指止まれの「指」が見えてこなくなる。同人を増やし、会員の減少を食い止める方にとかく目が行ってしまう。

そもそも結社を引き継ぐということはどういう意味なのだろうか。先代の残してくれた川柳社を引き継ぎ、次の人にバトンを渡すことだけなのだろうか。

ひとつの結社があるということは、一本の旗が立つということで、その旗に魅せられて集まる人がそこに生まれることではないだろうか。

結社を引き継ぐことよりも大切なものがあるはずである。一口にいうと〝志〟。その〝志〟に共鳴、感動して人は集まる。

形のあるものを受け継ぎ、次の人に渡すのではなく、その〝志〟を自分のものとして、次の人に渡すべきだと思う。

齊藤氏の言う「目的」というのは、この〝志〟のことだと理解したい。

同人雑誌だから同人を作る。当たり前のようだが、この同人の意味も実に曖昧に使われている。幹事制をとっている結社もおそらく引き継がれたものであろう。

「川柳マガジン」でよく用いられる言葉に「師系」がある。

いま全国で発行されている川柳雑誌でこの「師系」を表面に出している結社は数少ない。

ほとんどないといってもいいくらいである。

そういえば「師弟」という感覚も消えんとしている。みんな「先生と生徒」化してしまった。先生と称する人たちと生徒とが、全部同じ一本の線で結ばれている。

師弟では、師と弟とが、全部違った一本の線で結ばれ、その弟子だけが持つ師からの一本の線を自分の宝ものとしたのである。自分だけのたった一本の線によって感動し奮起したものである。

いまや至るところにカルチャー教室が設けられ、実に便利となった。手早く川柳を学び、手早く上手になれるのだ。そんな時代にこそ、この師弟の一本の線の貴重さを取り戻さなければならない。

この貴重な自分だけの一本の線は、結社でしか生まれないものなのだ。

そして、この一本の線にこそ師の〝志〟が秘められており、結社の存続の価値はここにあるのだ。

「川柳マガジン」は商業雑誌である。このことを読者自身がよく知っておくべきで、新しく川柳をはじめる人たちが、全国で著名な選者との出会いを作ってくれる場だと思えばよい。

そしてここで終わることなく、自分の師を求め、その師との一本の線に感動する人間になって欲しい。

最後に私の恩師川上三太郎が亡くなられた昭和四十三年の、五月の幹事会での言葉を紹介しよう。

『私が死んでも、或いは川柳研究社が続くか、続かないかは別として、そのときには皆さんが一つ一つの蝶になって、或いは一羽一羽の鳥になって、ここから巣立って大空を飛んであるく。

そういう意味でその作品の一つ一つの存在的な価値をもって飛躍していただきたい。これが私の念願であります』と。

そして半年後の十二月二十六日に亡くなられた。

この発言は、結社存続というものを乗り越えたもので、私もこうありたいと思っている。

記名選の重み

2006-07　No.62

わたしが発行している『柳都』が今年で五十八年を数える。

その六月号に大野風柳賞作品を発表した。

実は昭和四十五年に川上三太郎賞を設定して平成十五年まで三十二回の表彰を行なってきた。審査員も最初の頃は川上三太郎に関わりのある川柳家が四、五人で担当し、各選句の合点で大賞、準賞、優秀賞を決めてきた。

平成六年からは時実新子と大野風柳の二人で選句結果を合議で決める方法に変えた。時には電話で一時間も意見を出し合ったこともあった。

お互いに譲らず〝三太郎賞見送り〟のこともあった。

選句の傾向も年々離れて、それぞれの個性の開きが出たこともあり、平成十四年からは私の単独選で川上三太郎賞を決めることにした。

そして二年後の平成十六年に川上三太郎賞を返上して、新しく大野風柳賞を設けた。

私は、私の単独選になったときから、記名選を断行したのである。まさに思い切った決断であった。

常に私は○○賞という以上、作家が分かる作品で審査をすべきだと思っていた。

なぜ無記名で作品を選ぶのだろうか。それは作者を知ることによって審査が影響される恐れを持つからである。投句者も無記名の方が公平だと思っているからである。

私は作者と作品は一体だと思うし、作者を隠して句を選ぶ、それが常識となり何の疑問さえもなくなっている川柳界が怖いのである。

「迷ったら実行する」という私の生き方に従ってみようと思った。

記名選による大野風柳賞は今年で三回を重ねた。

私はゴールデンウィークの一週間を今年もこの審査に費やした。投句者も記名選と知って年々増加し二〇〇名を突破した。

もちろん私が知っている作家、全く知らない作家群のひとりひとりと対面した。必死だった。

応募作品五句を一組として扱い、その一句一句と向き合った。五句の中の一句は決して五分の一の存在ではなかった。

一句が独立して私に向かってくる。さらに五句は相乗効果を持って迫ってくるのである。それは、大会などで句箋に書かれた無記名の川柳とは全く異質のものだった。そこには作者の名前が書かれているからだ。

私にとって未知の作家は、作品で私に自分を訴えてくるのだ。私も懸命だった。身震いをしながら作品と対決した。

応募規定で約束した入選句数や準賞、優秀賞の人数も破らざるを得なかった。入選句数は、その時に集まった作品によって決めるべきであって、初めから決めておくことはナンセンスだと分かった。

この記名選は大変なプレッシャーがあると同時に、選者を正直にさせてくれるものだと知った。

そして、記名選によるこの賞は今後も続けていかねばならない。少しでも〝これからの川柳〟を探るひとつの道にしたい。

私は、大賞、準賞、そして入選した作品で作者の世界を思う存分楽しむことができた。

私たちは楽しむ心、楽しませる心が川柳の宝ものであることにもっともっと気付かねばならない。

今回の集句の中から私が感動した作品をご紹介したい。

尻餅をついた視界も悪くない　細井与志子

シクラメン首のあたりにまだ余罪　橋本　祐子

仮の世の仮の住まいにかける鍵　峯　裕見子

僕の目に残そうたくさんの目玉　柳　圭

いのち満開たっぷり削る鰹節　髙瀬　霜石

在宅介護桜の枝を折ってきた　山倉　洋子

緩やかに線路は曲がる春の門　坂井　冬子

喫煙所でも背中丸めて喫っている　黒部ヨシコ

ちり紙でここを拭くのはやめなさい　小梶　忠雄
割るためか割られるためか壷一つ　髙瀬　輝男
やわらかな拷問でした春の雪　野中いち子
記名選が堂々と行なえる時代が一日も早く来ることを願う。

元気をくれることばこそ

2006-08　No.63

ことしの四月下旬に上京した。それは日野原重明先生が活躍されている「新老人の会」の会報に川柳欄を設置したいという実に嬉しい報せが入ったためである。

その日は残念ながら日野原先生にはお目にかかれなかったが、新老人の会事務局長・石清水由紀子さんと詳しい打合せができた。

なお今回の上京は、新潟県衛生医学協会の大西金吾さんのお世話によるもので、大西さんは同協会の常務理事として、いまや新潟県で人気絶頂の活動家、年間二〇〇回近い講演を消化しているという。

彼はいつも私を目標にして来たと言うが私と二十歳齢下の彼とでは、とうていこっちがギブアップしてしまう。

さて、石清水事務局長とはじめての会話を交わしたが、さすが日野原先生の側近だけあって、実にテキパキとしかも穏やかな雰囲気で事を運ばれるお人だった。

「新老人の会」は東京の砂防会館の五階に事務所を持ち、(財)ライフ・プランニング・センターのひとつのセクションとして活動している。そこでお会いした職員はもちろん、カルチャー教室に参加されている人たちの笑顔は実に明るく爽やかであった。

それは九十四歳の日野原先生の笑顔そのものに見えた。会員の方々の書道展も真剣の中にも楽しむ笑顔を私は感じた。

帰りに、二人は東京駅近くの東京国際フォーラムにある相田みつを美術館を訪ねた。

昨年の秋に新潟県衛生管理者研究会でお招きし講演をしていただいた相田一人館長にお会いするためである。

私もその講演は拝聴しており、その日は幸いにも在館の館長とお話をすることができた。私としてどうしても館長にお伝えし、お礼を申し上げたいことがあった。

昭和六十二年、三年と続けて私は癌の手術を行ない、絶望の時に、娘から一冊の本を贈られたことがある。それが相田みつをの「雨の日には雨の中を風の日には風の中を」という本であった。関西の某建設業の社長が創立記念日に、自費出版をして全従業員に配布したものだった。

まだ相田みつをの名前さえ知らなかった私は、その何気ないことばのなかに、読む人の心をとらえるものがあることを教わった。

まさに自暴自棄になっている私の体のなかに、ポッカリと灯りが点された思いで毎日その本を読みつづけた。

体の痛み、心の痛みは変わらなかったが、別の世界に自然に運び込んでくれた一冊の本であった。

館長もその本のことを知っておられた。うれしかったのだろう。一層話ははずんだ。帰りに一冊の書をいただいた。『道への道』である。

その本の巻頭にこんなことが書いてあった。

『相田みつをにとって五〇歳前後のある時期がその一つでした。書家、詩人として長く創作活動を続けてはいても、まだ世間には知られず、生活面での逼迫や、創作上の苦悩が深かった頃です。

最初の本である「にんげんだもの」の刊行に先立つこと十年。

まさにその時「道」が書かれているのです。代表作「道」はいかにして誕生したか。「道」へ至る道程を様々な視線から検証します』

その「道」のことばというのは

長い人生にはなあ
どんなに避けようとしても
どうしても通らなければ
ならぬ道というものが
あるんだな

そんなときはその道で
黙って歩くことだな
愚痴や弱音を
吐かないでな
黙って歩くんだよ
ただ黙って
涙なんか見せちゃダメだぜ
そしてなあ
そのときなんだよ
人間としての
いのちの根が
ふかくなるのは

一昨年中越地震が新潟県を襲った。長岡市の某高校の先生が、生徒に元気を与えようと、相田みつを作品展を開いて欲しいと美術館に嘆願したという。運搬その他費用がかかることを乗り越えてそれが実行された。

会場はいつも高校生がいっぱいだったという。

参加者から人気投票を行なったが、その結果が過去の実績とは全く違ったものになったという。

長岡での一位は「しあわせはいつも自分のこころが決める」。二位は「雨の日には雨の中を　風の日には風の中を」。三位は「つまづいたっていいじゃないか　人間だもの」。四位は「道」（前述参照）。五位が「そのときどう動く」だったという。

とくに五位の「そのときどう動く」は、過去は殆ど投票がなかったとのこと。

あの目を覆うばかりの天災を身に感じた人間の正直な投票結果だとしみじみと感じた。

そして被災者は「自分に元気を与えてくれるもの」を望んだと思った。それは物や金もそうだが、それよりもどん底の自分を支えてくれる。そして元気を与えてくれる精神的な〝ことば〟ではなかったかと思う。

人生の中で誰でもつまずいたり、落ち込んだり、負け犬になったり、自分を見失ういろいろなことがあると思う。

それが、子供でもわかる平易なことばによって立ち直れるものだと知ったとき、私は自然とそれを〝川柳〟というものに結びつけていた。

私は、この四月二十七日に出会うことができたお二人によって身を洗われる体験をした。

そして日野原さん（あえてさん呼び）と相田みつをさんが重なり合って私に語ってくれたものを大切にしたいと思う。

最後に、今回新しい出会いの相田みつをのことばを紹介しよう。

墨の
気嫌のいい
うちに
書く

私もそんな心で川柳を書いていきたい。

岸本水府の悔しさ

2006-09　No.64

毎年のことだが八月が来ると、亡くなった人たちのことが浮かんでくる。

そして、前田雀郎の《思い出に寒い景色はなかりけり》の川柳を口ずさむ。

そんなとき、高槻市にお住まいの岩井三窓さんから一通の封書が届いた。ご本人の了解を得てここに発表させていただく。

ご無沙汰いたしております。川柳マガジンの〝記名選の重み〟を拝読、まったく同感です。

昭和三十年代に岸本水府先生が、本社句会での記名投句を提案されたことがあり、ほとんどの人に反対されました。

なぜ、無記名にするのかと何度も何度も説いておられましたが、一笑に付された形で幕となりました。

先生の悔しそうな顔、いまも目の底にあります。

句会マニアにとっては大革命、いや暴論だったのでしょう。

私は記名以上に、性別・年齢・何時・何処で作句したかが分からなければ、その作品を正しく評価できないのではないかと思います。

ふっと昔のことを思い出しましたので余計なことを書きました。

あのときの水府先生の無念さを今更思い返しております。

乱筆おゆるし下さい。

岩井　三窓

私はこのお便りがとても嬉しかった。いや、ありがたかった。

さっそく電話でそのお礼を申し上げた。私の考えに共鳴していただけた喜びをお伝えした。

そして、改めて岸本水府という大人物の考え方に触れることができた。

私もいろいろなところで岸本水府の純粋さ、そして頑固さを紹介してきた。子どものような汚れのない川柳愛に憧れつづけてきた。

この真面目な提案が一笑に付されたときの岸本水府の悔しさは、いまの私にはよく分かる。しかも番傘主幹としての提案でもあるのだ。

五十年も昔のことだから問題にされなかったのだろう。いや、それよりも五十年も前にそのような発言をされた岸本水府という指導者に、私はただただ頭が下がるのである。

おそらく句会での記名投句の真意が理解されなかったためと思う。その過程の説明が足りなかったとも想像される。

当時の選者たちは名前がつくとそれに影響されることをおそれたのであろう。

また投句する側も、名前によって左右される選者を嫌ったのであろう。純粋な選は無記名だと、殆どがそう思っていたに違いない。

ただ私が思うには、記名選によって選者を鍛える。もっと選者を育てようとする岸本水府が見えてくるのだ。

三窓さんは、氏名はもちろん、性別、年齢、何時、何処で作句したかが分からなければ正しい評価はできないとまでおっしゃる。その心意気に私は降参のバンザイをするしかなかった。

数日後、三窓さんからエクスパックで、「紙鉄砲」（岩井三窓著）や豆本をはじめ「ポケット川柳」（朝日川柳選者・西木空人著）などが届いた。

この「ポケット川柳」は、新潟の紀伊國屋書店でいつも背文字は読んではいたが、直接手にとって中を読む気が起きなかった。

その中に岸本水府の句があった。

春の草音符のやうにのびている　　岸本水府

そこには「川柳は日本人の言葉のリズムに合った十七音字を、日常語で行く人間諷詠であり、よろこび、かなしみ、笑い、矛盾、皮肉、軽快、あこがれ、理想が存分に奏でられる街頭録音である」という水府のことばも掲載されていた。

「街頭録音」とはおもしろい表現である。

さらに岩井三窓さんの《裏町のおとこ真昼に歯を磨く》の川柳がとり上げられ、昭和五十四年に書いた「上五、中七と読み上げて下五の最後の一字、この最後の一字を読み上げた瞬間に、パッと火を放つ作品。そんな句を作りたい」の三窓さんのことばも紹介されている。

ただこの本の最後にこんなことが書いてあった。

「木下愛日、草刈蒼之助、馬場緑夫、麻生路郎、麻生葭乃、笹本英子、村田周魚、椙元紋太、須崎豆秋、近江砂人、以上の方の消息が不明です。お心当りの方は恐縮ですが当社宛ご連絡ください」と。

私はアゼンとするばかりだった。これがいま川柳の書を発行する出版社の実態なのかも知れない。

話を戻そう。同封されていた三窓さんの豆本に次の文章があった。

「二月二十六日の朝日新聞より。（註・平成十七年）

北朝鮮体育指導委員会のリ・ヒョン副委員長は、国際試合で活躍した選手には、功績に応じて巨額の報奨金、最新の住宅、高級車などを与えると、選手のやる気を高める〝ニンジン作戦〟を紹介した。これはサッカーの選手への贈り物である。ニンジン作戦とは、嫌なことばである。人間は、選手は馬ではない。スポーツマンシップを持った、夢を持つ若人である。

これはまったく他山の石ではない。私たち川柳家、少しは胸を痛めないだろうか。賞品廃止を叫ばれた水府先生逝いて四十年川柳界の現状は果してどうだろうか。

賞品、楯、メダル、賞状、舞台一面に飾られた川柳大会。創作意欲よりも物欲で作句する人たち。初心者は必ず尾を振って喜ぶに違いないと信じ切った指導者。川柳家は馬ではない」。

岩井三窓さんにしてはめずらしいほどの怒りが込められている。

その怒りは三窓さんよりも、その背後に存在している岸本水府の怒りと私は見たが、どうだろうか。

異質のコントラスト

2006-10　No.65

今年の甲子園高校野球はさまざまなドラマを生んでくれた。

何よりも優勝校の斎藤佑樹君の青いハンカチは高校野球に爽やかな風を送り、彼の持つキャラクターは全国おばさんたちまでのファンを作った。

試合が終わって彼は静かに、普通に生活していきたいとつぶやくように語った。さらに「甲子園で私は育てられました」と自然に話す彼の表情には何の衒いもなかった。

この斎藤投手と最後の勝負を挑んだ駒大苫小牧の田中将大君も立派だった。貴公子とは全く対象的な風貌、ジャガイモというあだ名を自分で言う明るさは好感を呼んだ。

その後のアメリカ遠征でも二人は心を許してすばらしい笑顔で談笑していた。

「若者はいいなァ」と思わず私は口ずさんだ。

たまたまあるスポーツ解説者が、亀田興毅と、この斎藤佑樹を並べて、いまの大人たちが失ったものをこれらの若者が代行していると言っていた。おもしろい意見である。大人のヒーローがいなくなったから十八歳と十九歳の悪玉と善玉が、大人たちの心をかっさらったと言っている。

父権を失った親子関係の中で亀田興毅は幼少の頃からチャンピオンを一途に狙って父と共に駆け抜けた。むしろ彼は最もエリートな人間だとも言う。

寄らば大樹のいまの日本の中で一人で戦う彼ら二人を立派だと言っている。

もちろん日本の代表として迎えられる亀田興毅にはパフォーマンスとマナーの区別を知って欲しいと付言している。

〝異質のコントラストの妙〟　こんなことばがふっと脳裏を過ぎった。

一人だけでは弱いのだ。二人の違ったものが別々に存在しながら、それが並んだときに大きなパワーを生むのだ。

川柳の世界ではどうだろう。個性を持つ秀れた作家も多かろう。とかくその個性に溺れて〝孤高〟に甘えているようである。

逆に誰でもおかまいなく集まる人たちを同色に染めてしまうことだけを考えている指導者も多い。

いまこそ、真剣に指導者のプロとしてのあり方を考える時期が来ていると思う。

プロとは何だろう――これを考えている矢先に、私はプロとして出発した荒川静香の全米ツアーの番組をテレビで見た。

彼女はツアーの途中から加わったため写真集にも名前さえ掲載されていなかった。そのツアーの演技の中で彼女は自分の存在を考えつづけたと言う。

五輪で金メダルをとってもここでは通用しないこと。金メダルにぶらさがることのできない世界だということ。

五輪では審査による採点で決まるが、プロは観客の拍手によって評価されることを知った。

演技中は視線を観客の五列目くらいに絞り、そこにいる観客と目を合わせるように努めること。

テーマソングは絶対に口ずさまないこと。そしてどんなときでも笑顔でいること。演技前の拍手は関係なく、演技後の拍手を目ざすことなどなどに心掛けたと言う。

プロとして、点数からの脱却を目ざす彼女の演技の、まさに力を抜いたなめらかさ、流れの自由さに私は引き込まれていた。

彼女は最後にこうつぶやいた。

「メダルの過去を振りかえらない。いまの自分を表現する」と。

これこそプロだと思った。戦う相手は自分しかないのだ。

プロの第一条件は、他人との比較ではなく自分への挑戦しかないと言える。

私たちの川柳の世界で、このようなプロと言える人が何人いるだろうか。

私の著書「川柳よ、変わりなさい！」を手にされた前田安彦氏（前田雀郎長男）は「これはめずらしい本です。○○なさいという本は川柳では見たことがない」とおっしゃられたが、その「川柳よ」とは「わたし」そのものの意味と、プロである「あなた」という意味を込めたつもりである。

第二章　川柳の強みと弱み

ボスと呼ばれるには

2006-11　No.66

ボスという呼び名の丹波哲郎さんが逝くなった。

最近めっきり痩せ細った表情を見て心配していた私だった。

実は、私の現役時代に日本生産性本部（当時）にお願いして各界のベテラン講師をお招きしていたが、その一人に早稲田大学の尾関教授がおられ、テーマは経営、経済であったがお話の内容がとにかくおもしろかった。そして最後に「丹波哲郎は僕と同級生で、昇級と落第のスレスレのところにいた」と自慢していたことを思い出す。昭和四十年代の後半の頃である。

キーハンター、Gメン75、更に砂の器などの名演技が思い出される。

スマートで、ダンディそのもの、そして声が重く、オチャメでちょっぴりエッチ、その上大霊界の話まで飛び出す。

谷隼人が「丹波さんだから催眠術にかかったふりをしていた」と言っているが、人間くさい人だけに大霊界の話も親しみを持って聞けた。

丹波哲郎の死にふれて、「この世とあの世が地続きで、丁度電車の乗りかえ駅で見送るような気がした」と誰かが言っていたが、悲しみの中に笑いが出る告別式というのはいかにも丹波哲郎にふさわしいと思った。

豪快と繊細、そこにやさしさが入っていたので〝ボス〟という呼び名がピッタリだと思う。決して〝ドン〟ではないのだ。

さてこの〝ボス〟と呼ばれる人物が日本に少なくなったと思う。そして川柳界にも——。遺言でお経の代わりに「荒城の月」で送って欲しいとあったという。こんな洒落っ気がうらやましい。

いちばん驚いたのは「こんなに〝セリフ〟を憶えない人はいない」と誰もが口を揃えて言っていたことだ。

役者でありながらセリフを憶えないことをずうっと通して来たことが凄いのだ。それが出来たということは何故だろう。

もう一人の人が逝くなった。市川昭介さんである。

昭介さんの音楽レッスンを、テレビで何回となく見た。無駄のない的確なことば、しかも実に分かり易い表現、そして易しい表情で相手を包み込んでしまう。テレビを見ている人も自然とうなずいてしまう。

そんな昭介さんを私は大好きだった。この人も晩年は痩せ細り、その優しさは痛ましさに変わっていった。

余談であるが、いまから七年程前に、『にいがたを代表する一〇〇人・新潟の風貌』（写真集）が発刊された。これは書道家であり写真家であり、良寛の研究家でもある加藤信一さんが、直接一〇〇人の人を訪ねて顔写真を撮り、コメントを加え一冊にまとめたものである。

幸いに私は川柳家として加えていただき、加藤さんの訪問を受け、話をする表情を何枚も撮られたことがある。

そして帰るときこんなことを話された。

「風柳さんを撮りながら、誰かに雰囲気が似ていると思っていましたが、いま思い出しました。市川昭介さんですよ」と。

憧れとしていた市川昭介さんには足許にも及ばぬがとても嬉しかった。鬼籍に入られたお二人の思い出をこれからも大事にしていきたい。

私はいま川柳の帝王学なるものを真剣に考えている。そこに丹波哲郎と市川昭介が持つ共通の魅力などを追求してみたい。

ひとつは〝ボス〟と言われる人物像に存在する何かであろう。それを表現することばはむつかしい。無責任のようだが、それは指導者一人ひとりが自分で考え、自分で決めるものだろう。

そしてそれは一生をかけて追い求めるものなのだ。

いずれにしても誰よりも「川柳」を愛しているということ、「川柳」が好きだということである。たしかに川柳を愛し、川柳が大好きな人は世の中に数え切れぬ程いるに違いない。問題は「誰よりも」ということだと思う。

そして帝王学というものは、一般的な条件や共通したものではなく〝あなた〟の帝王学を〝あなた〟が決めなければいけないものなのだ。更にその内容は齢とともに高く変わっていかねばならないものであろう。

先ほど日本で行われた世界シンクロの競技でこんなことがあった。

ロシアが圧倒的な強さを示したが、ペアで行なうシンクロの競技を見て、日本の解説者が言っていた。

「二人の競技でロシアはその二人の疲れ具合が全く一致していたということ。これが真のペアの競技だ」と。

なんとすばらしいことではないか。

川柳の強み・弱み

2006-12　No.67

先日、小さな大会で私は〝川柳の強み・弱み〟というテーマでトークを行なった。

これは、私の考えていることを自然に述べただけだが、話を進めていくなかで、これは大変な意味を持っていることに気づき出した。五十名くらいの参加者だったが、ひとりひとりの顔を見ているうちに、「あなたはどう思っていますか」と問いかけてみたい衝動にかられた。

私はいつもいま考えていることを正直に訴えている。私はこう思っているのだが、皆さんはどうですか――と。

そして、みんなで考えてみませんかという運び方をしている。したがって数年前から講演とせずに、トークと表現している。

川柳をはじめて間もない人たちは、先生や先輩の言うことは正しく、そうあらねばならないと思い込んでしまう。

こちらでは問題提起のつもりで話をしても、すべて「教え」として受け止める。五、六年経って川柳が分かりかけて来たり、小句会などで選をするようになった人たちは、自分なりに咀嚼しようとする。トークを聞く側のこのバラバラさをトークする側で心得ていなければならない。

今回の〝強み〟と〝弱み〟についてもそうである。川柳が持つ強みが、いつの間にか自分の強みになったり、また自分の弱みを考え込むようになったりしてしまう。

私はトークを進めるなかで、いまの日本の川柳のリーダーたちが、一体この強みをどう感じ、弱みをどれだけ実感しているかに疑問を持った。

何が〝強い〟のか。何が〝弱い〟のかをもっともっと真剣に議論し合う場が欲しいとも思った。

その日は表面的に〝強み〟と〝弱み〟を取り上げてみたが、このテーマを進めるには川柳発祥から今日に至るまでの流れを心得たうえでの議論でなければならないと思った。

江戸時代の川柳、明治に入ってからの新川柳、そして六大家と言われている人たちの川柳観、戦後復興後の川柳師系、昭和から平成への川柳作品の傾向などのなかでの川柳の強みと弱みを考える時が来ているように思う。

来年が初代川柳がはじめて前句付興行を行なってから二五〇年目に当たる。それを記念して各地で記念事業計画を進めているが、この二五〇年の歴史を背負って、いま改めて〝川柳の強みと弱み〟を整理しておかねばならないと思う。

小さな大会で私が思いつくままにトークした〝川柳の強みと弱み〟をあえて次に書いてみることにした。

〝川柳の強み〟

▽人間の喜怒哀楽をズバリ一刀両断で表現できる。

▽さらに生活の中での心の揺れを普段着のままで、しかも日常のことばで表現できる。
▽川柳は人間(自分)の本音を五・七・五で表現する。
▽恰好の良さよりも笑いや悲しみを共有し合える集団。
▽詩、短歌、俳句の文芸性と違った最も人間くさい十七音である。
▽個の存在、自立精神の旺盛な集団。

〝川柳の弱み〟

▽古くから劣等感を引きずっている。
▽文芸家として引け目を持っている。
▽勉強をしない。しなくてもよいと思っている。
▽他の短詩型と比較して世の中に通用する著名人が少ない。
▽学校の教科書に川柳が載っていない。
▽他短詩型は大人の雰囲気、川柳はヤンチャ坊主的。
▽社会的常識の不足。川柳をその人から取ったら何が残るかに欠けている。
▽短詩型の中では井の中の蛙に近い。

全く無責任のようだが、思いつくまま挙げてみた。

もちろん〝強み〟と〝弱み〟は裏返しであり、切り口を変えれば〝強みは弱み〟に〝弱みは強み〟に変わるものなのだ。

これらはあくまでも私の問題提起だということを申し添えておく。

〇

歌人の岡井隆氏が大分昔であるが、こんなことを書いている。

それは「サラダ記念日」によって誰でも歌が書けると思って、どんどん裾野が広がった。これに対して
「裾野が広がることはすごくいいことだけど、短歌の世界に入って短歌とはこんなにむつかしいものだと分かって、ひとりでもふたりでも止めていってくれることを願う」と。

短歌は凄いと思った。常に歯止めを忘れていないのだ。

この辺りにも〝短歌の強み〟があるのではなかろうか。

ペンのおもむくままに

2007-01　No.68

〝自分にとって必要か、不必要かは自分で決める。まどわされる情報はカットする〟

これが柳社運営約六十年の私のモットーだった。

二十歳で川柳の会を興した当初の約十年間は殆ど情報は必要としなかった。自分の目の前に存在するものを処理する——それだけだった。その癖が、ずうっと私から離れなかった。

昭和の後半、そして平成に入ってからの日本はまさに情報の波に侵されたと言ってよかろう。他人が知っていて私が知らない——やはり私も人間だ。確かに不安、というよりも焦りはあった。

いま、目の前にある仕事を処理するだけでもいっぱい。それらを自分の出来る範囲で処理してきた。決して手を抜くことはしなかった。正面から取り組んで来た。全力投球だった。

数年前から携帯電話を持ったものの川柳に関わりのない人、数人にしか番号を知らせていない。

「川柳で至急な用件もあるのに、なぜ？」

とよく言われるが、わが家の留守電に入っているから帰ってその処理に努めている。

これでも充分に責任は果たしていると思う。

私の長い川柳生活の中で一番苦しかったのは、周りに振り回されて自分を見失ったときだった。少々周りに不自由さを与えても、自分を見失うよりも誠意を尽くすことができる——と思っている。

人はさまざまである。自分の波調に合わせて生きることが大切であろう。

寺山修司のことばに、

「別れは必然だが、出会いは偶然である」というのがある。

私は川柳を通して多くの出会いを持った。その偶然の出会いがあったればこそ、いまの大野風柳が存在する。その多くの出会った人たちに感謝しなければならない。

その出会いも、向こうから声をかけられた方が多いように思う。その「ひとこと」が私の運命を変えた。また私の方から声をかけた場合もある。それは声をかけたい衝動にかられたからである。冷静にふり返ってみても偶然のようで必然的のようにも思う。また誰かがそれを仕向けてくれたとも思う。

人との出会い、それは〝川柳〟という場があったためである。

私はいま「川柳こそ私の宝もの」だと言い切ることができる。ときどきこの原点に戻って、いまの自分を見つめることを忘れないように心掛けたい。


以前のことだが、権堂監督が就任の挨拶を十秒でやったことがある。それは、「君たちをプロとして認めるから、プロらしくやってくれ」であった。

なんと、小気味のいいひとことではないか。

また、その昔、エンタツ・アチャコの漫才コンビが一世を風靡したことがあった。二人はこんなことばを残している。

「笑わせたらアカン　笑わせてあげるんや」

この「あげるんや」に笑いの仕掛けがあると思う。

いまの川柳界にこのような仕掛けが消えつつあることを悲しむ。

静かに振り返って思うことは、わが師川上三太郎や白石朝太郎は、無言に仕掛けてきたことに気付く。そしてそれを仕掛けとは気付かずに私は正面から受け止めてきたようだ。

私はいまでも原稿がなかなか書けないときには、とにかく原稿用紙のマス目に文字を書いてみることにしている。すると不思議なことに、次から次へ何かを求めてペンが走るのである。

そんなとき、ある心理学者のことばに突き当たる。

「すべての卵をひとつのバスケットの中に一緒に入れないこと。転ぶとすべてを割る。いくつかずつ別々のバスケットの分散しておけば助かる。」

子供でも分かる内容でありながら大人への教訓として受け止められる。

例えば自分をいくつかの要素に分割する。知識能力、運動能力、対人関係、体力、健康などに分割し、そのひとつに失敗しても残るものを大事にする。これは複眼的に自分を評価することを意味する。

さあ、川柳家として自分自身をいくつかかのバスケットに分けて評価してみたらいかがであろうか。

自分の生き方が見えてくるに違いない。

自分が作った作品よりも、まず自分に目を向けてみることを教えているように思うのだが——。

2007-02 No.69

百歳の『僕の川柳』

・リッチでないのにリッチなものは作れません
・夢がないのに夢を配ることは不可能です
・ハッピーでないのにハッピーなものは作れません

このことばは子供でも分かる内容である。

本人自身がリッチであったり、夢があったり、ハッピーであったりしてはじめて作ったり、配ったりできるという意味である。

私たちが世界で一番短い五・七・五にとりつかれたのも、自分というものを軸にして、その自分を見つめて来たためであろう。まさにはじめに人ありき——である。

私は、川柳とは〝自分を探し求める旅〟だなどと言っていた頃は、恰好よさを求め飾りすぎていたように思う。

そして今、置かれている自分の環境を是として認め、その中での自分を冷静に、正直に見つめていかなければならぬと思う。これがこれからの私の課題と言える。

昨年の暮れに一冊の句集が送られて来た。『僕の川柳』という柴田午朗さんの川柳作品集である。

そもそも私の川柳の出発点は、別府番傘の「川柳文化」であり、終戦間もない昭和二十一年頃であった。

その頃「番傘」と言えば綺羅星のごとく凄い作家がそこに集結していた。

その中の一人であった柴田午朗さんの句集であった。

私はこの『僕の川柳』の『僕』が一瞬気障っぽく感じた。

新潟で生まれ新潟に育った私は、子供の頃からこの『僕』という表現になじめなかった。

柴田午朗さんは、昨年の四月二十八日に満百歳の誕生日を迎えられている。過去句集を九冊、随想集を二冊出版され、今回の句集は十冊目という。

若い頃から毅然とした午朗さんの作風に私は魅せられた。うまく表現できないがひとつの哲学を感じていた。

晩年になってから新潟の大会へ選者としてお招きしたこともあった。

私は貪るようにこの句集を読んだ。

　草抜いて口数少ないおじいさん
　山で拾った石を離さぬ山男
　知っているけれど言わないお年寄り
　何も用事はないが僕の道草
　もっと沢山経験してから死にたい

用事はないが裏門を開けておく
僕に出来る仕草はないか教えてよ
そして更に
ぼんやり生きて戴いている軍人恩給
苦しかった日より今の方がよい私
空き箱を沢山持っている老父
僕にだんだん親しくなる豆腐
男か女くらいは分かる九十八歳

あげれば限りないが、この自由奔放さには降参せざるを得ない。

実はこの作品よりもわたしが吸い込まれるほどの感動を受けたのは、ところどころに掲載されている短い会話だったのである。おそらく身内の方との会話だと思う。

○寺の寄付
「寄付をするのがいやになったのですか、それとも忘れたのですか」

午朗「半々だな」（即答）

○家庭画報（婦人向け雑誌）

その一

「辰巳芳子！（料理研究家）」（大きな声で）

頁をめくり写真を虫眼鏡で見て

「おばはんだなぁ」

その二

壇ふみ（女優）の着物姿をじっくり見て

「オー」

その三

『その探していた森は〝東京〟にあった』

というタイトルを読んで

「東京…」と不審そうにつぶやく

○つるむらさき
午朗「これはなんだ？」
「つるむらさきと言う名前の菜っ葉です。栄養のあるおひたしですから食べてください」
午朗「栄養？　わしにはいらん！」

○旧札新札
午朗「これは誰だ？」

「夏目漱石です」

午朗「おぉー夏目漱石かぁ。よぉー知っとる」

「これは誰だ」

「野口英世」

午朗「野口英世…。学者かぁー。どっちが新しい？」

「こっち」

5～6回やり取り

午朗「これは誰だぁ?」

「福沢諭吉です」

午朗「福沢諭吉かぁー。これが」「これは誰だぁ?」

「新渡戸稲造です」

午朗「新渡戸稲造…?」

この会話5~6回。

その後おもむろに
午朗「柴田午朗は、おらんなぁ」(ニヤリ)

ここまでペンを走らせてきたが、やはり『僕の川柳』が一番すばらしい句集のネームであったとしみじみ思う。

午朗先生! ずっと長生きをしてください。そしてひとり言でもいいから川柳界に活を入れてください。

2007-03　No.70

書家から見た川柳

昨年の秋頃、思わぬ話が舞い込んで来た。同じ新潟市内に書道会を開いている書家の菅井松雲さんからの電話であった。

「毎年松雲書道会で書花展を開いて十回つづけてきました。十一回目から新しく書と花と、それに加えて川柳作品を私ども師範クラスで書いてみたいと思いますが、いかがなものでしょうか」という内容だった。

この発想の原点に、一般の方が見て読めないものが多いということ、読めて内容が分かるものでないと人が集まらない――そんな発想があったようだ。

しかも私の川柳を師範クラスの人たち三十人で書かせてくれというのである。

私は二つ返事でＯＫを出した。そして数年前に出版した「定本大野風柳句集」を全員に贈呈することを約束した。

それまでに私は菅井さんとは一面識もなかった。市内で幼稚園の生徒から九十歳余の高齢者の教室を開いていることは知っていた。

嬉しいことに菅井さんはこう付け加えてくれた。

「私も含めて、師範クラスの人たちが、定本大野風柳句集を読んで、これを書いてみたい、書きたい衝動を受けた作品を大きさを問わず自分の文字で書かせたいのです」と。

これこそ私の方からお願いして書いて貰いたいことだった。

書家から見て、どんな作品に興味を感じ共感が生まれるのか、それを見たかった。知りたかった。

現代の川柳も、川柳界だけのものではなく、他の芸術文化との交流を前から考えていただけに私の血はたぎった。

私は一月の松雲書道会の総会と新年会にも顔を出し、書道家たちの行動や雰囲気などを見せて貰った。宴会がはじまって、表彰や、特別興業の「喧嘩太鼓」のときも実に整然としている佇まいは書道の「道」の部分を見る思いであった。

酒が廻ってから「先生の川柳を書かせて貰いました」と数人の人たちが恥かしそうにこっそりと耳元にささやいてくれた。その顔は実に喜びいっぱいの表情であった。

その第十一回「書花展」は〝いけばなと書の空間／大野風柳の川柳をかく〟で、二月二日から四日まで新潟市立新津図書館二F展示ホールで開かれた。

二日の午前十一時から私はその会場で一時間に亘って、私の川柳を書いてくださった人たちと対話をしたり、作者として句の鑑賞を行なった。

菅井松雲さんも十句ほど、大きいものは一メートル×二メートルの額の中に収めたものから、扇子やミニサイズのものまで展示された。

私の「定本大野風柳句集」は一千句が掲載されているが、その中から菅井さんは次の句を取り上げている。

海の青　蒼それだけへ詩を綴る　（S27）
みどりしたたる　佐渡の朝空　（S27）
日本海と闘っている瓦屋根　（S41）
雪あかりコトコトコトと歩く音　（S47）
四つん這いの蛙を追いかけてみるか　秋　（H2）

霧動く森が動いて山動く　（H4）
つぶやきはもどってくるなやまびこよ　（S52）
老木の桜しきりに語りかけてくる　（S49）
たったひとりの旅なにもせず終る　（H8）
年輪ってなあにタンポポ考える　（H8）
梅干の種おもいきり遠く投げ　（S30）

まさに文字そのものが作品を表現していた。ときには荒く、ときには静かに、そして横書きあり、縦書きあり、私の心を読んでというより、書家としての感性を文字に託しての力作であった。

私は、はじめて自分の作品と他人のような顔で対面した。新鮮だった。二十代の作品も七十歳の作品も同じ勢いで私に迫った。作者にしか分からぬ句の思いも私だけの世界で味わうこともできた。

この句の中で一回も色紙短冊で書いたことのないものもあった。またこんな句を作った記憶さえないものもあった。私は参考までに作句の年代を入れてみた。

そして今まで考えてもみなかった数々のことに気付いた。日頃言いつづけていることの確認もできた。それをまとめてみよう。

▽作品というものはそのとき自分に常に正直でなければならない。

▽川上三太郎単語にもあるが、作品は一発の弾丸のように、放たれた後は読む人任せである。

▽句集は年代別にまとめた方がよい。

これは著者のためにもそうするべきである。

▽川柳はもっともっと他の分野の人たちから見て貰うべきだ。そして自由な鑑賞を受け入れていきたい。

▽昔の作品、そして現在の作品、その流れの中で作品を鑑賞してその作家を評価するべきである。

▽何気なく作った句であっても、その時の〝生きている証し〟と言える。その証しを残す喜びを体験することだ。

私は二十年くらい前までこんなことをよく書いた。「過去にどんな秀れた作品を残していても、いま現在どんな作品が書けるかが大事だ。 いま書ける作品でその作家の評価が決まる」と。

いま思うと全く恥かしい限りである。

私は今回の「書花展」によって、これからも自然体に生き、自然体で句を書いていくことにした。

そう決めたとき、急に肩の荷が軽くなったことを告白しておこう。

まだまだやることは山ほどある。 川柳のこれからを常に前向きに受け止めていきたい。

2007-04 No.71

川柳二五〇年へのエール

またひとり、私にとって大切な大切な川柳作家を失った。

岸本吟一さんである。 いま大野風太郎が「岸本水府と柳都」を連載しており、その題字は岸本吟一さんにお願いして書いていただいた。

私は学生の頃、別府番傘の内藤凡柳さんから指導を受け、個人添削までしていただいた。その後「番傘」（当時川柳往来と改題している）誌上に作品を投稿し、岸本水府選で一句でも多く選ばれることが、そのときの目標でもあった。

やがて「柳都」を発行してからは他誌への投句を止めた。止めざるを得なかった。

昭和三十年代に入って岸本水府さんを数回新潟へお呼びした。常に奥様同伴で参加された。

岸本吟一という作家を「番傘」で知った。その吟一さんが二月二十二日午前十時四十四分、肺ガンのため東京都内の病院で亡くなられたのである。

私は過去三回、吟一さんを新潟の大会にお招きしている。昭和四十九年六月のときには「川柳映画と芥川龍之介の間」という講演をされた。

二回目は昭和五十七年七月に同じく新潟県川柳大会で宿題「日本海」の選者として、三回目は一昨年の六月の全国川柳大会で「父・岸本水府」を語っていただいた。

吟一さんは映画プロデューサーとしての活躍が大きかった。同志社大学中退後、NHK大阪放送局を経て松竹京都撮影所に入所、その後独立プロ・東京フィルムを設立して「大江戸五人男」「切腹」「三匹の侍」などの映画を製作、テレビ映画も手掛けておられる。

一昨年新潟へお招きしたとき、静かな温泉旅館で大野風太郎と私と三人で語り合う機会を得たが、話が映画に触れると別人のように表情が一変し、体を乗り出して語る様に私は心打たれたものだった。

この私にとって大きな出会いも一年余りで消えてしまった。

真っ赤なとっくりのセーターがとても素敵だった。こんなおしゃれになりたいと心の中で思った。

晩年は新潟をこよなく愛された。大会の会場である新潟グランドホテルの喫茶ルームから見える信濃川と万代橋が又見たいと少し乱れた手紙もいただいた。

手紙と言えば吟一さんの筆文字はすばらしかった。ただうまいだけではないのだ。おしゃれのセンスが色紙にもよく現われていた。

さて昭和四十九年六月と言えば、私の師白石朝太郎が亡くなられた月である。その直後大会で語った「川柳映画と芥川龍之介の間・岸本吟一」の講演の一部を紹介してみよう。

「芥川龍之介が昭和二年の『改造』五月号に書いた〝文芸的なあまりに文芸的な〟で川柳に

対する意見が小文ではありますが掲載されております。そこには川柳の認めるべきところは、ちゃんと認め、否定すべきことはちゃんと否定し、将来の川柳の道や発展についてまことに適確に、しかも具体的な意見がのべられております。

ほかにも文壇の作家や、歌人が川柳観を書かれた文章は随所にありますが、芥川龍之介のこの一文を、この映画と結びつけてとりあげたわけです。（中略）

脇道にそれてしまいましたが、作家や歌人の川柳観をご紹介してみたいと思います。

明治二十年に坪内逍遥はこう言っております。

『居候というものはどんなものであるか、そうさ、居候というものは卑劣なものでつらいものである —— といって哲学者が縦横に筆をふるい、十二行二十五字、三十枚書いて判らぬところへ《居候三杯目にはそっと出し》と言えば、はァなるほど、さようなものですかというようなものが川柳である』と。

さらに若山牧水は、明治四十年にこう言っております。

『矢車という川柳の雑誌が出ている。川柳のことは少しも知らないが、これはごく新しい心を持った人達の間でできている雑誌かと思われる。

物足らぬ日曜なりしか家灯を点す　水府
欠伸してさとる淋しい自己の影　五葉
何時の日の二時が止まりし佟の時間　青明

これらをよみながらふと考えた。土岐(哀果)君の歌の狙いどこは、これと同じじゃないかと。読んで残った感じは実によく似ている。そしてこういう形式でいった方が三十一文字の、のろのろした形より遥かに材料に適当しており、遥かに芸術品の匂いがしはせぬかと僕は思った』と。

これに対して土岐哀果は猛然と反論をいたしまして数ヵ月に亘って論戦がひろげられたのであります」

まだまだ講演はつづき、この他正宗白鳥や田辺聖子そして芥川龍之介、直木三十五らの発言の紹介をしている。

そして最後にこうまとめた。

「最後にひとつ、古川柳に従ってゆくのではなく、古川柳がどのように価値があり、どのように意義を持っているかよく承知の上で、柳多留をねじ伏せ、その先にどういう川柳が誕生するかが、川柳家ひとりひとりのこれからの問題でありましょう。古川柳を否定する気持ちは毛頭ありません。否定することはできないものであります。

しかし古川柳のあとから、トコトコついていっては進歩や発展が望めるはずはありません。これは単なる古典の古にすぎない。取っ組み合いをして、ねじ伏せたうえでどのような川柳が生まれるか、これがもっとも大事な川柳の課題であろうかと思います。」

○

これがいまから三十三年前の講演なのだ。丁度今年が川柳発祥二五〇年に当たるというので前田安彦氏を委員長とする実行委員会で記念イベントを公開したり、また全国の川柳社がそれぞれこの機会を生かした企画を作りつつある。

岸本吟一はこれを予測したかのごとく、三十三年前の大会で語っているではないか。まさに二五〇年記念へのエールとしか私は思えない。

時実新子を想う

2007-05 No.72

時実新子さんが亡くなられた。昨年からの病状はある程度分かっていたものの残念の一語につきる。

亡くなられてから各地から彼女の偉大さを惜しむお便りをたくさんいただいた。大きな大きな仕事をされて、川柳界に大きな功績を残された。

新子さんの思い出は山ほどある。はじめてお逢いしたのは昭和三十七年四月に開かれた平安川柳社五周年大会で、その後三十九年十一月の川柳岡山社二十五周年記念全国川柳大会に出席したとき、姫路市のお宅を訪ねたことがある。間口の狭いお店で語り合ったが、その内容は記憶に残っていない。お互い三十五歳前後の若さであった。

その後の時実新子のデビューは凄いの一語につきる。文壇の時実新子として彼女の才器は川柳という舞台を乗り越えて発揮された。

「時実新子さんを知っていますよ」と私もあらゆる場で話しかけられたものだ。

今回は私との関わりのなかで時実新子という人物を書いてみる。

○

私の師である川上三太郎が昭和四十三年十二月に亡くなられ、私はすぐ川上三太郎賞を設置した。翌々年の四十五年である。これは三太郎の名前を後世に残すと同時に、これからの作家の発掘を目的としたものだった。その審査は三太郎を師とする人を中心に考えた。そしてその人たち(五〜六名)が選び出した作品を合点して正賞、準賞を与えることにした。

しかしこの方法では審査員の議論は全くなく、事務的な数字による受賞に私は常に疑問を持っていた。どうしようもなかったと白状しておこう。

やがて審査を二人にしようと決めた。議論ができる人、自説を曲げずに通し抜く人、安心して戦える人——そこで私は時実新子を選んだ。彼女も二つ返事で引き受けてくれた。

川上三太郎賞の晩年の八年間、八回に亘る審査は時実新子と大野風柳の二人で決めた。しかもその最後の二回は記名選をやってのけたのである。

無記名選が公平だという考え方には、もともと私は反対だった。作品と作者はひとつのものであり、作者が分かってはじめて作品が生きるのだ。

なぜ記名選ができないのか。名前がつけばその名前に選が影響されるという弱さがあり、それを容認していることに問題がある。記名選を言い出したのは私で、彼女はそれを心から賛成してくれた。

記名選で一番プレッシャーを感じるのは審査する側であった。私は賛成してくれた彼女に心から感謝した。

しかしこれは二回で終わった。なぜならば議論するなかでどうしても同意できないものが出てきた。彼女も譲らず、私も譲らなかった。該当者なしという結果も出た。

あげく川上三太郎賞は私ひとりの審査になったのである。

そして川上三太郎賞は三十四回で終わり、新しく大野風柳賞が誕生した。

さて八回に亘る時実新子の総評がある。いまここでその一部を紹介して時実新子という人物を心から追悼したいと思う。

▼集句の中からアトランダムに五十句選出する第一次予選のレベルはかなり高かった。う

れしく胸のはずむ思いだった。
　しかし、これが五句一組の第二次選となると様相ががらりと変わる。「こんな佳句を作る人がなぜこんな凡句を…」と、しんそこ口惜しい。自選の落し穴を覗きながら何度もためいきをついた。（平成六年）
（註）三太郎賞募集は一人五句一組を対象に審査。一次予選は集句全体の中から五十句を選び特選、秀逸、佳作に分けた。二次選はその五十句の中から入選率の高い人（十名）を五句一組として審査して大賞候補を決め、その後二人の議論で決定する。
▼二次選では五句一組として拝見するのでどうしても一句か二句は妥協を強いられるのを避けられない。
　三太郎賞は〝孤独地蔵〟の「さみしい図々しさ」を継承し高める賞でありたい。（平成七年）
▼「川上三太郎賞」には良妻賢母タイプやベスト・ファーザー賞に輝くような句は似合わないと思う。私は四十年前に川上三太郎先生と出会い、末っ子弟子として十三年間学んだ。何を学び盗んだかといえば、それは「わが行く道」である。三太郎を師と呼ぶ人はおそらくすべてがそうであろう。師とは「てにをは」などをコチョコチョ教えるものではない。その

全人格で弟子に道を指し示せば足りると考える。個性の発見、それに尽きる。(平成八年)

▼常套句から脱出できない最大の理由は抒情ではないかと、今回ふっと思った。抒情が悪いわけでは決してないが、もっとクールなしたたかさを、川柳は思い起こさねばならない秋ではないだろうか。(平成九年)

▼第一次選考は(註・無記名)摘果作業にも似ている。第二次選ともなると(註・無記名、五句一組)木の姿がおぼろに見えてくる。五句一組の形を取るからだ。それでもまだ作者名が無いので、どうしてこの木に一つだけこんな実がついているのかと思ったりする。作者名が判ったからといって選が左右されるものではないけれど、性別や年齢は作品を理解する上で参考になる。次回からはせめて「男」「女」「何歳」ぐらいは知りたいと思う。

応募者側に立てば、五句で自分を語るのは至難だとお察しする。人間は多面体だ。方向付けを一定にすればその一面しか現れず、多面を出せば空中分解する。自選の力を問われるのはこのバランスである。(平成十一年)

▼川上三太郎賞候補とした一戸マサコ作品は、この暗い世相の中にあって「いのち」を明るく捉えている。それも無理なく、妥協もしないところが美しい。準賞候補の峯裕見子作品の

軸足もきちんと日常にある。そこからの心の投影も身近な具象を使って難解を避け、伝達性への配慮も行き届いている。（平成十二年）

（註）この年から記名選とした。総評はいきなり作品評となる。但し平成十二年は川上三太郎賞該当なし。

▼「年ごとに評価が離れていきますね」と風柳氏に言われた。乖離はなはだしければ私が選を辞退すべきだろう、とも考えた。

二次選考の結果、大賞に決まった阿住洋子さんは、私の一押しであり、私が落したかった句を風柳氏が推してくださったのですんなりと決まった。（平成十三年）

改めて新子評を読んでみてやはりしっかりと川柳観をもっていることが分かる。

何事もそうであるが完璧なものはむつかしい。いやむしろ無いと言ってよい。みんなが少しでも完璧に近づく努力をすればいいのではないだろうか。

やってみなければ分からない。それが失敗であろうと、やらないよりも少し前進していることには違いない。

失敗がないからそれでよしとする考え方は捨てるべきだと思う。

時実新子との一時間にも亘るあの激しい論争がまだ耳に残っている。妥協しなかった自分にもいま小さな誇りを感じている。

新しい自分がそこに

2007-06 No.73

エッセイストの岸本葉子氏が〝希望のことば〟を全国から募集している。六月三十日が締め切りらしいが、たまたまテレビでその内容が放映されていた。

現在集まったもののなかからと思うが、次のような〝ことば〟が紹介された。
○がんばりすぎないようにがんばって。
○手のぬくもりがあればいい。
○そばにいるだけでいい、このままでいい。
○ところどころ合えばいいいんだよ。

○笑ってくれたらもっといい、生きていることが一番大事。
テレビ画面に出たものを急ぎ写し書いたので、多少の違いをお許し願いたいが、これらのわずかの〝ことば〟が元気を与えた、そして大きな励ましとパワーを貰ったというのである。

これらはすべて平易で誰でもが分かる〝ことば〟である。ただそれぞれそこにはドラマがあって、病人の手を握っているとかとくに「ところどころ合えばいいんだよ」は、体操を教えて貰っているとき、自分だけがテンポがずれている人が悩んでいるときの先生の〝ことば〟であるという。

本人はとても神経質でとてもみんなについていけないと思ったらしい。そんなときこの〝ことば〟で救われたというのである。

そこには学問とか知識のかけらは微塵もなく、ただその人への思いやりが大きな力となっている。いまのままでいいんだよという「愛」と「励まし」があるだけである。

岸本葉子氏はこう言っている。「希望とは前へ進めるものです。結果はどうあろうと」と言い、寄せられたこれらは「ことばの宝箱」ですとも言う。

六月に締め切られてやがて一冊の本になるのであろうが、私はそれがとても待ち遠しい。

そんなときふっと十数年前のことを思い出した。

大きな手術を二回やり、まだその影響があった頃である。

企業の上級職の研修会を開き、私も泊り込んで指導をしていた。場所は新潟県の最北の日本海に面した瀬波温泉だった。三泊のスケジュールでその最後の日の朝だった。参加者は十二、三名でその疲労は表情や発言で十分察知できた。

寝不足で無言の朝食のとき、私はふっとあることを考えた。

そうだ、朝食後全員で砂浜を素足で散歩しようと。十一月頃だったと思うがその冷たい砂浜を何も考えず、みんなで素足で歩いたのである。私は体の疲れをかくし、靴を脱いでみんなと同じくズボンの裾をたぐり上げて冷たい砂浜を歩いた。

十一月の日本海は静かではあるがその色は見ただけで冷たく、足裏の秋の感触も心良いものだった。

私は子供の頃から泳ぎができず、どちらかと言えば海に対して楽しい思い出はなかった。

しかし何年かぶりに感じた砂浜は私を現実から別の世界へ運んでくれた。

参加した研修生も同じ表情で、研修を忘れ、役職も忘れひとりの人間になっていた。

たっぷり一時間、全員がそれぞれ自分の時間を楽しんだ。

そして最後の一日を見事な成果をあげて明るい笑顔で終えることができた。

これは〝ことば〟ではなく、〝冷たい砂浜の感触〟によってそれぞれが個に戻り、希望とファイトが湧いてきたと言える。

いま、私たちの身近にもこのようなチャンスがごろごろ転がっている。それらとの出会い、それらの発見によって自分に戻ることができる。

いまでも私は足の裏から伝わった砂の冷たさを忘れてはいない。

私たちは川柳を書くことにより新しい自分を見付け出すことができるのだ。

こんな幸せを大事にしていきたいと思う。

2007-07　No.74

消える重さと創られる重さ

『川柳大学』六月号が届いた。表紙をめくると〝会員・誌友の皆さまへ〟という文字が目に入った。そこには、突然ではありますが、時実新子の月刊「川柳大学」は、八月号を持ちまして終刊いたします。一九九六年二月の創刊以来、二〇〇七年八月号まで、通算一四〇号、十一年半の歴史を閉じることになりますが、これは主宰時実新子の意思、遺言でもありました。

自分の命のある限り、「川柳大学」は続けてほしい。命が終ったら「川柳大学」も終わりにしてほしいと。（後略）　発行人　安藤まどか
とあった。

私は動揺する心を一所懸命におさえていた。

やっぱりそうか――と思いながらも割り切れないものが私の体の中を走った。

「川柳大学」の裾野の広さを見ているだけに、もしや継続されるのではないかと思っていた。

東京に事務所を開いたり、東京都内で数回にわたって大会を開き、新子亡きあとも弟子たちが見事な幕開きをとひそかに期待をしていた。

やっぱりそうだったのか――と私はよからぬ期待をしたことを後悔した。

柳都五十五周年で川柳サミットを開いたとき、選句が終わって私に自然につぶやいたこ

とば、それは「風柳さん、後継者をどうするの？」であった。まさに自分の亡き後のことを考えての質問であったのだろう。いまから四年前のことである。

私は柳都五十周年大会の挨拶で「柳都」は私一代で終わる――と断言したことがある。そのときの私の素直な意見で、私のいない「柳都」は考えたくもなかった。ワンマンであり、わがままこの上ない発言だったと言ってよい。それが十年前の私であった。

私は今回の「川柳大学」終刊の知らせを読んで、これこそ文芸集団だとも思った。これが指導者のとるべき行為だとも思った。

わかるなあ――時実新子の最後の決断が、理屈抜きですばらしいと思う。

いま「川柳大学」が消えたとしても、新子の川柳哲学は、数多くの会員、誌友ひとりひとりの体内に生きつづけていくに違いない。引きつがれるのは吟社や雑誌だけではない。師匠と弟子との赤い糸、それで引きつがれるものなのだ。

「川柳大学」の終刊により、また新しいものが誕生していくに違いない。

〝消える重さ〟　ふっとそんなことばが浮かんできた。

今年も五月二十六日に岩手県北上市の日本現代詩歌文学館の文学館賞贈賞式に参加することができた。

詩、短歌、俳句の年間の詩歌集の中から各部門より一点が選出され、賞（正賞として鬼剣舞手彫り面、副賞として賞金各百万円）が贈られた。残念ながら川柳はこの対象には入っていない。

今年の受賞者の詩部門で池井昌樹氏が選ばれたが一九五三年生まれの若さだった。「受賞のことば」で彼はこのように言っている。

『大学に入ったばかりの頃、初めて訪れた〝雨ニモマケズ〟の詩碑の前で辺りを憚りながら額衝きました。爾来三十年余、詩か否か定かならずも無くしてはならない火と水のような、偽りのない一篇を得るためにのみ生きて来ました。云々』と。

また当日詩の選考委員の八木幹夫さんは受賞者の次の詩を朗読して選評を終えた。

　ほんとうは
わたしたちみなほんとうは

とてもとおくにいるのではないか
とおくにすんでいるのでないか

わたしたちみなほんとうは
ゆめをみているだけではないか
ゆめみられているだけではないか

ゆめをみながらゆめみられながら
ときどきないたりわらったり
ただそうしているだけではないか

たとえばくれゆくそらのおく
たとえばきぎのこずえのこずえ
わたしたちみなほんとうは

ゆめをみるものゆめみられるもの
そのめとめのあうふとしたしじま
あんなにあんなにとおいほしぼし

私は聞いていてスーッと体から無駄な力が抜け正直な自分になれたような感じだった。

更に各受賞者の経歴の中に藤村記念歴程賞、芸術選奨文部大臣新人賞、俳人協会賞、岩手日報文化賞、俳句四季大賞などなどがあがっている。

川柳の世界ではあまり文学賞とか、文化賞とか世間に通用する賞がなさすぎる。

(社)全日本川柳協会で今年から〝文学賞〟を設定して、年間句集の中から審査による表彰が行われることになったことは喜ばしいことである。川柳の世界でもやがては他ジャンルのように各賞が出現するためにも、しばらくはこの川柳文学賞の行方に目を向けて欲しいと思う。

私などは若い頃、三太郎や、水府や、冨二や冬二らの作品を口誦したものである。

作品を語ったりもした。つまり作品を大事に扱った。名作家に憧れたり、その作品を楽しんだものである。いつしかそのような行為は消えてしまった。

その頃は大会も、句会も、作品が前面に出ていた。そして自分に満足できる作品を懸命に求めつづけたものである。

また目標となる川柳家も多かった。

こんなことを思うとき私はいつもひとつのことが浮かぶ。

白石朝太郎が井上剣花坊を褒めたたえるなかに、選句していてすばらしい作品に出会ったとき剣花坊は必ず、奇声をあげて全身でその喜びを表現したと言う。

またその話をする白石朝太郎の顔には厳しさはなく、人間らしい優しさがにじみ出ていたことを思い出すのだ。

いのちの語らい・生かされて今を生きる

2007-08　No.75

前から書きたいと思っていた「協会と吟社、そして作家」というテーマでペンを持ちはじめたとき、東京から『新老人の会』の会報が届いた。

そこには日野原重明会長と星野富弘さんとの対談があり、「川柳マガジン」を愛読する川柳家にも紹介したいと思い、こちらを優先することにした。

この対談はＬＰＣ第三十四回財団設立記念講演会でのもので、テーマは「いのちの語らい・生かされて今を生きる」である。

実はこの星野富弘さんについては「川柳マガジン」二〇〇二年十月号の「現代川柳時評」で取り上げている。そこには富弘さんのことばとして
「いのちが一番大切だと思っていた頃、生きるのが苦しかった。いのちより大切なものがあると知った日、生きているのが嬉しかった」

「体が動けなくなって、それまで踏んづけてきた草花から感動を貰いました。感動の便秘を、詩画にして出さないと、苦しくって苦しくって」

「絵も詩も少し欠けていた方が良いような気がします。欠けているもの同士が一枚の画用紙の中におさまった時、調和のとれた作品になるのです」を紹介している。

そんなことを思い出しながら日野原、星野対談を紹介していこう。

【日野原】　昨年あなたの故郷にある〝山の向こうの美術館〟に招かれて初めてお会いした時、あなたは還暦を迎える三日前でした。
【星野】　そうなんです。昨年来られたとき数えてみましたら、三十五歳離れていました。
【日野原】　長年動くこともできない。自分一人では何もできない状態であるのに、お顔を見るとどこが悪いのかなと思うほど健康感があふれていて、つい握手しようと思って手を出してしまいました。手が動かないのに気がついて、あの時にはおもわずハグしてしまいました。
【星野】　私はあの時初めて男性にハグされました。私の感じる感覚は首から上ですからハグされて先生の暖かなぬくもりが伝わって来ました。
【日野原】　頚髄損傷で寝たきりになって、群馬大学に九年間も入院していたわけですよね。その時には、多少でも動くかもしれないという望みはお持ちでしたか。
【星野】　ずっと持っていました。ただだめだろうという思いもありました。（中略）
　毎日たくさんの手紙をいただいて「ああ返事を書きたい」と思ったのです。その気持ちがまず字を書きたいと思わせました。
　しっかりした太いペン（水溶性のサインペン）で書くと、なんとなく堂々としたものが書ける気がします。私は線に重点を置いています。最初はカタカナの練習、線から始めた絵ですから、とにかくしっかりした線を書きたいというのが夢でした。

口で文字を書いていますから、どうしてもたくさんの文字が書けません。紙に余白ができてしまって、その余白に枕元にあった花を写したというところから始まりました。

私は動けませんから、とにかくずっと同じものを見ているんです。もし私が元気だったら、一つの花を何時間も見ていることは絶対になかったと思います。

動けないから、天井を見るか、側にあるものを見るかです。一つの花を蕾から咲いて、散るまでずっと見ているわけです。そうしたら花は咲いているときだけがきれいなのではないと気づいたのです。

一枚だけ散ったその花びらもきれいですし、虫の食った花びらもきれいです。それから花びらが全部散ってしまって、雄しべ雌しべだけになって、色が変わってしまった花もいいなと思えるようになってきました。咲いている時だけが花ではない。それならこれを描いてみようと思うようになってきたんです。（筆者注・これからは星野氏のことばだけを紹介する）

それまでは、元気であることが一番よいと思っていたのです。でも、けがをして長く療養していますと、何も元気だけがよいのではないと思うようになりました。それはもちろん自分のけがを受け入れられるようになってからのことですが――。けがをして不自由になっても、やっぱり人生は続いているのだし、こういう体になっても思っていることというのは、元気な時とそんなに変わりません。そのことに気づくと、虫の食った葉っぱ、しおれた花も同じように思えてきました。そしてそれを大事に描いてみたいと思うようになりました。それはちょうど、自分を描いているような気持ちなんです。

最初の「ア」という字が書けた時、その一文字が書けただけで光が見えたように思いました。「あ、これは0.1だな」と。それまではゼロだと思っていたんです。ゼロはいくら足してもゼロのままですが、0.1ならいつか1になるし、50でも100にでもなると思いました。

最初はなかなか神という存在が理解できなくて、私には救いとかそういうものは関係ないだろうというあきらめの気持ちもありました。でも聖書を読んでいくうちに、また話を聞いていくうちに、ことばのもつ力といいますか、それに動かされるようになってきました。

入院して、自分の力の限界というのを本当に感じました。それまでは自分の力で何かができるのではないかと錯覚をしていたところがありました。けがをして医学的には望みがなくなったとき、何か大きなものにこの体を委ねたい、心を委ねたい、助けてもらいたい、そんな気持ちになりました。

けがをして、何度も死ぬことを考えて、もう生きたくないから食べることを止めてしまおうと、何食かを食べずにいると無性にお腹が空いて——その時にいくら私が絶望しようと、死にたいと思おうと、自分の想いと全然違うところで、体の中の「いのち」という生きようとする力があると感じました。この「いのち」に申し訳ないなと思うようになりました。

私はいつも草花と向き合って生きていますが、なんとなく同じ生きているもの同士という感じがします。木とか草花というのは動けない。だから同じ仲間のような気がするんです。

そしてもう一つ思うことは、私は体は動けないけれど、それが一番不自由なことではなくて、一番難しいのは心が動けないことだということです。そのことは、絵や文章を書くようになって教えられたことでもあります。先入観にとらわれず、心を開放して、体を開放して、自由な気持ちにならないと自分の文章は書けないと思います。

【日野原】　あなたは字を書き、詩を書き、絵を描くようになって、今の美術館にも飾りきれないほどの作品を描かれ、また今日はあなたの詩に曲がつきコーラスで歌われました。今日のコーラスはいかがでしたか。

【星野】　ことばというのはどう尽くしても自分の気持ちのすべてを表現できませんが、こういう美しいメロディをつけてもらうとどうしてもことばにならなかったものを補って、さらに広がりを感じさせてくれるように思います。

【日野原】　あなたは今まで詩画展というのをやって来られましたが、今度はもっと立体的に詩と絵と音楽、詩画楽ですかね。そういうパフォーマンスがこれから出てきそうですね。五年後、私は百歳になりますが、またあなたとこうしてお会いしたいと思います。

○

なんとすがすがしい対談ではないか。私は星野富弘さんからすべてを引き出す日野原会長のすばらしい愛のこころに大きな感動を憶えた。

川柳界もしっかりしなくっちゃあ。

第三章　誰よりも川柳を好きになる

阿久悠のすばらしいことば

2007-09　No.76

川柳は「ことば」で表現するもの。だからこそその「ことば」を大事にしなければならない。と同時に「もの」や「こと」に対して敏感でなければならないし、川柳家はより感受性が求められる。

平たく言えば〝喜・怒・哀・楽〟にすぐ反応するということである。

私は「柳都」を発行して八月号で七〇四号となる。長いようだが私にとってこの期間は驚くほどの長さではないというのが私の本音である。

これまで先を考えることなく、純粋に「いま」だけを考えてきた。その時何を考え何を実行するべきか、それだけだった。

ただその間、すばらしい師に出会い、無言の教えをいただいた。それを私はがめつく盗みつづけた。

だから私はこの六十年間、川柳活動の中からいろいろなものを身につけることができたと言える。

もちろん本業である仕事からも貴重な教えを受けた。これも実に大きい。生活の元である仕事から自分が成長する体験は何よりも大きく、だから大野風柳は大野英雄が支えてくれたと言える。

これからも大野風柳と大野英雄は二人三脚の旅をつづけていくと思う。

さて本論に入ろう。

八月一日は私にとって大きなショックの日であった。作詞家・阿久悠の死である。私は阿久悠の「ことば」によってどれだけの感動と勇気を与えられたか。どちらかと言えば常に行動が先にあった私は阿久悠の「ことば」によってどれだけすくわれたことか——。

そのひとつが

『ことばは省略でなく凝縮だ』である。

限られた十七音の川柳にとって最高のプレゼントであった。

更に『ことばを、どう噛みくだいて、自分のものに出来るか。それをどう自分のエネルギーにするか』

私はこの「エネルギー」という表現の深さに感動した。阿久悠という名前は〝悪友〟から来たという。これが実にすばらしい。川柳を始めて数十年間はこの〝悪〟を嫌ったものだった。その後この〝悪〟の必要性をしみじみと理解することができた。

昭和四十八年頃にはじまった人気オーディション番組「スター誕生！」で阿久悠の審査のことばに痺れっぱなしだった。

森昌子だったと思う。「うますぎる。もっと下手でいい。森昌子を歌の中で生かせ」と、そんな意味の内容だった。この「下手でいい」がそれから私の体の中に棲みこんだ。

更に「いいことばも、それを聞く側に同等のもの、つまり〝孵化する前の卵〟を持っていなければ、どんな名言も素通りされる」とも言っている。

川柳は誰にでも分かる句ではいけないのだ。いいものが分かるよう読む側のレベルを上げなければいけない。川柳の指導者はそれを忘れてはいけないのだ。これこそ指導者の大きな仕事だと思う。

作曲家として名コンビだった都倉俊一は「彼は頭の中にオモチャ箱を持っていた」と言っ

ている。この〝オモチャ箱〟から透明人間や宇宙人、更に怪獣、野球ものがどんどん飛び出したと阿久悠も言っている。非日常的な作品から、庶民の人生を代弁する歌までの五〇〇〇曲、その多彩さには驚くばかりだ。

川柳家こそこの〝オモチャ箱〟を持つべきではないか。そこには〝夢〟があり、〝遊び〟もある。自由奔放の世界がある。

いまフッとまた阿久悠のことばが浮かんだ。

「いいことばは常に時差を持つ。それに気付いたとき——成長がある」

時差を持ついいことば——すばらしい表現ではないか。

私が尊敬する宗教哲学者の山折哲雄が〝叙情を蘇らせた詩人〟として阿久悠を悼んでいる。その中の都はるみとの対談で阿久悠作詞、宇崎竜童作曲の「ムカシ」を歌うことになったいきさつに触れて、

「ムカシはよかった、ムカシは美しかった、そんなムカシ話はぜんぶ追い出してしまえと詩はうたっていた。はるみさんも一度は引退宣言をすることでムカシとの別れを経験した人だ。おそらく阿久悠さんも毎日のようにムカシとの絶縁を自由にいいきかせて詩をつくり

つづけていたのであろう」と言っている。ここにも繊細な人間のやさしさがうかがえる。更に山折氏は「舟唄」と「北の螢」の歌詞に触れ、ああこれこそ叙情の原点、日本列島人の心の世界を育んできた〝しみじみ宗教〟だと言っている。川柳にも通じる世界だと思う。川柳の世界も、もう少し広げて他の世界と重ねる時代に入ったと言える。すばらしいことば――これこそ川柳が目指すひとつではなかろうか。最後にもうひとつ、すばらしいことばを紹介して終わる。それは、〝大股でスタスタ歩く男〟である。

川柳マガジンから見た川柳界を巡って（その一）

2007-10　No.77

川柳発祥二五〇年のイベントが八月二十五日に行われた。東京浅草新堀通り三筋二丁目交差点の歩道で、記念碑除幕式をスタートとし、台東区生涯学習センター・ミレニアムホールで式典、講演、そして平成万句合「太陽」の表彰や宿題席題の披講、更に浅草ビューホテルでの懇親会が行われ、実に充実した一日であった。

たまたま懇親会の開会挨拶でトークする機会を与えられ、私はしみじみとこの大きな区切りの年に現役作家として出会った喜びと、大きなイベントの中で〝川柳をつづけてきて本当によかった〟と実感をこめて申し上げた。そして二五〇年の区切りに大きな句読点を打つことができ、この句読点の次には川柳が社会へ大きく飛び立たねばいけない、そのスタートにしたい。更に今回のイベントは東京柳界の底力をまざまざ見せつけられた、と述べた。

平成万句合（公募川柳）課題「太陽」は一二九一三句集まった。この巨大な作品群を選んでみて、初代川柳の苦労の一端を知ることもできた。

すべて貴重な体験をしたことに感謝の念がいっぱいである。

ことしいっぱいまだまだイベントは続く、私も川柳へのご恩返しのつもりでがんばってみたいと思う。

さて、第十二回川柳大雄賞が新葉館出版に与えられ、去る七月八日の北海道川柳大会席上で表彰された。心からおめでとうを申し上げたい。

ここでは毎年受賞された人が記念講演をすることになっており、今回は松岡恭子代表が

「川柳マガジンから見た川柳界」と題して講演を行なった。

その講演内容が「川柳さっぽろ」九月号に掲載された。

日頃から「川柳マガジン」の存在を大きな関心で見守って来ている私は、むさぼるように読ませて貰った。

松岡恭子代表は全体的に正直に本音で語っているのがよい。

彼女は「さて、創刊から七年間、あるいは私が川柳界にお邪魔をしてここ十年間で川柳界の何が変わったかですが、実は川柳界は何も変わっていないというのが率直な印象です」と。更に、

「例えば川柳句会や大会のやり方です。参加者が会場にきて句を出し、選者が披講する。(中略)なぜ没になったのかと、その理由をその場で徹底検証しないことに常々疑問を持っていたのですが―」と語っている。

「変わる」とか「変える」とは言うは易しく、行うことはむずかしい。

私はいつもこう言ってきた。

「他人を変える前に、自分を変えなさい。つまり、他人を変えることは実にむずかしい。

むしろ自分を変えることからはじめる方が楽ではないか」と。

　本当にそう思うし、実際私は自分から変わることを考えてきた。

　このことは自分の弱さを自分で気付かねばならない。とかく弱さは知らぬふりをしがちになる。他人に見せたくないからである。ひそかに自分の弱さをつかみ、それを変える努力はしたつもりである。

　多くの人は、いまの川柳大会や句会がこれでよいとは思っていない。いつの間にか惰性に流れ、そのままに従うようになってしまう。そのうちに「これでいいじゃないか」となる。

　誰かが、どこかで、その変えることを実行すればよいと思ってしまう。誰かではなく、たとえ小さな存在である自分でもやれる範囲のことをやればいいのだ。

　いまの日本全体の川柳は安定しているかのように見える。それは（社）全日本川柳協会が安定しているからそう見えるのではないか。それを果して安定と見るか見ないかである。

　年二回、全国川柳大会を開催（註・日川協主催の全国大会と国民文化祭川柳大会）し、年々参加者も増加、ジュニア川柳も急増している。ただ日川協の全国大会で出来ないものがあるのだ。いやむしろそれは他のところでやるべきで、日川協から外した方がよしとした方が自然とみてよい。それは〝作品〟そのものの向上である。

そもそも〝作品〟は大会で育つものではない。大会は課題吟が中心でひとつの競吟の世界と見るべきであろう。

課題で作られ、課題で選ばれる。それが本当のその作者の作品であろうか。

松岡代表がとり上げた、川柳大会や句会のあり方を変えることも大切だと思うが、それとは別に、川柳作品がどこから生まれるかこそ、より以上にみんなで考えるべきテーマではあるまいか。

私は川柳大会の存在価値は大きいと思う。金を使い、時間をかけて数百人集まるこの情熱はすばらしいと思う。だから川柳大会はあっていいし、あるべきものだと思う。

松岡代表も約三十年前の作品や評論の戦いに触れているが、これらは人が集まる大会や句会ではなく、川柳雑誌の中での真剣な文字でのものなのだ。

そこには「川柳への使命感」があった。評論も作品もそこから生まれてきたのだ。

三十年も前、私も句を書き論を書いてきた。北海道の江端良三などはこちらから依頼したのでもないのに勝手に句や文へ黙っておれずに原稿が届いたものである。みんな「川柳」

への使命感だったと思う。

あまりにも川柳大会が前面に立って、日本の川柳を引っぱりすぎてはいないか。

六大家というのは今さら古めかしいかも知れない。しかし六大家には川柳作品と同時に、川柳へのひたむきな使命感が見えた。六人とも異なる句風、それが又ひとりひとりの存在感となり語ることば、書かれた短文の中に川柳への思いが溢れていた。だから六大家は凄いのである。

その頃は結社単独の川柳大会が開かれそれぞれが違いの分かる大会だった。むしろ違いの魅力が人を集めた。

全日本川柳協会が大きくなればなるほど実に平和な統一された川柳界になっていくような、むしろ心配がある。

もちろん（社）日川協の存在は絶対に必要だと思う。ただそれによって伝統ある川柳社の存在が、そして又その中で川柳を書きつづける川柳作家の存在がいつしかその特性と個性を失っていくのではないかと、私は案ずる。

日川協主催の川柳大会もあっていい。そこで作品の入選を喜び、人との出会いを求め、更に開催地近辺の文化に触れる観光も大事にすべきである。と同時に川柳作品、川柳作家が徐々に片隅に押しやられる日本柳界ではあまりにも悲しい。今後数回に亘って松岡代表の講演内容に触れながら、いくつかの問題について書かせていただくことにする。

川柳マガジンから見た川柳界を巡って（その二）

2007-11　No.78

◉まず問題提起を

社会経済生産性新聞では、企業経営に活かす〝四字熟語〟を連載しているが、最近の新聞に『本末転倒』で、次のような記事が載っていた。

人はみな、目的のために行動を起こす。しかし、手段であったはずの行動そのものが、目的となってしまうことがある。中小企業のオーナー経営者にもよく見かける話である。

たとえば、Aさんという経営者がいたとしよう。彼は経営にプラスになればと考えて、B

という経営者の団体に入会した。多くの中小企業の若手経営者は、孤独である。同じような悩みを抱えている者同士で話がはずむ。もちろん勉強にもなるし刺激にもなる。仲間には負けたくないから、事業にも精が出る。

ここまでは、いいことづくめであった。しかし、真面目にやれば必ず役が回ってくる。義理やつき合いで参加している者も多いことから、Aさんの団体における出世は早かった。

（中略）

気がついたとき、会社の内容があまりかんばしくない。しかし、数字と真正面から向き合うよりは、居心地のよい会合へ顔を出すし、出さなければならない立場にもなっていた。

会社の仕事へ全力投球していたころと比べて、現場感覚を失っているから、幹部や社員とのコミュニケーション・ギャップも多くなっている。

さらに、今では、色々な団体の指導的立場にある彼が、経営の悩みを相談する相手は少なくなっているし、弱みを見せられないシチュエーションができている。

まだまだ文章は続くが、私はこれを読んでいまの川柳界の問題点と何か重なるような気がしてならないのである。

先月でも触れたが、川柳作品そのものの向上とか、川柳作品の鑑賞、批評などが隅に追いやられ、大会や競吟が前面に華やかに置かれている現状がどうしても気になってしょうがないのだ。

全国には数百の吟社やグループがあり、そこには指導者（代表・会長・主幹など）がいるにもかかわらず、それぞれの吟社の中での主張や議論があまり見えてこないのは私だけなのだろうか。

指導者の目がどこを向いているのか、もっともっと自分の足元を見据えて欲しいのだ。別の表現をすれば指導者の姿勢というべき、「姿の勢い」が感じられないのである。

いまの柳界はまさに『本末転倒』になっていないだろうか。

大雄賞に輝いた新葉館出版の松岡恭子代表は「川柳マガジンから見た川柳界」と題した講演の中で佐藤美文氏のことばを引用している。

「いま、川柳界に不足しているものは、指導者であり、それを育成する機関である。指導者の育成によって川柳の高齢化を恐れることは無くなるし、その他川柳に不足しているものを補ってくれることであろう」

私はこの佐藤氏の「川柳界に不足しているものは指導者である」には全く同感である。ことばを変えれば指導者に欠けているものこそを指摘しなければならない。

これは川柳発祥二五〇年にあたるいまこそ論じ合わねばならない大切なテーマだと思う。しからば何処で誰が――ということになる。

更に「指導者を育成する機関」とは何を指すのか。指導者は果してそういう機関で育てることが出来るのであろうか。

指導者には一体どんな条件がいるのだろうか。その条件が決まったとして果して単なる講座で身につけられるものだろうか。

その辺の議論もやってみたい。

川柳発祥二五〇年を次のステップへの出発とするならば、いまこそ現状のウミを出すことと、それをどう処理するかを考える憂国の士の出現を期待して止まない。

この問題への内容に触れながら次号では具体的な所見を述べてみたい。

2007-12　No.79

川柳マガジンから見た川柳界を巡って（その三）

◉師とは何か、師から戴いたもの

「川柳マガジン」十一月号の賛否柳論　〝川柳に師は必要か〟のアンケートを興味深く拝見した。

特集「愛好者で作る川柳の世界」となっているので、われわれ川柳専門誌で川柳を研鑽しているものとは、おのずと違った川柳の世界だと知りながら読ませてもらった。

アンケートの結果は、師を必要とするのが五十九％、師を不要とするのが四十％という結果になっている。

川柳マガジンの読者は川柳愛好者であるが故に、このパーセントはそれほど驚かなかった。川柳マガジンだけで川柳を楽しむのであれば、正直な結果だと見てそれで済む。

ただ私が一番ショックだったのは、師弟は必要ないという人たちの理由を読んだときだった。応募者はごく自然に感じたこと、思っていることをありのまま書いたと思う。その裏側には川柳専門誌における師弟のあり方、指導者の姿勢がはっきりと浮き出されていると見た。書いた人の氏名は記さず、もう一度そのまま取り上げてみよう。

まず〝作家の個性尊重論〟として

「師弟関係が深くなれば作句の形が一定になり、川柳の本質が失われるおそれがある」

「川柳は個性であり、生活である。そのため師弟のちぎりは必要ない。川柳は一人ひとりのもの」

「川柳のなんたるかについて教えてもらう事は大切だけれど、そのあとの川柳的感性は個人差の問題」

「川柳は一人ひとりの個性と才能の産物であり、他人から教わるモノではなく、個々の精進によって決まると思う」

「句会大会に出席して勉強すれば、川柳人として対応してくれるだろう」

「川柳も文学である以上全く個人的な営みである。師弟関係が入り込む余地はない」

「師に教われば自分が失われると思う」

などなどが掲載されている。

私も初心者の頃は、このような考えを持っていたかも知れない。しかし師と出会って鱗を落としながらいまの自分が生まれてきたのである。

以上の発言をする川柳人がいたとしてそのまま放置できるであろうか。指導者は笑って聞き流していいのであろうか。

更に師弟関係の弊害を理由とする意見として
「師弟関係を持つと、師匠の作風などに心理的に束縛を受け、自由に伸び伸びした柳句を作り難いのではないかと思う」

「師弟関係になると句風が片寄り面白くない」

驚いたことにこんな意見が出されている。

「師弟関係は大会など競技を不公平にする原因となる」

「川柳会の役員になって会長、理事、顧問、委員、代表その他の役職で多忙をきわめている『先生』が多すぎる」

「師など持つとロクなことはない」とまで訴えている。

私はこの発言をされた人を責める気はない。むしろかわいそうに思う。そして指導者よ、しっかりせいと言いたい。

先月号に私は具体的な所見を述べる約束をした。

それは私にとって真の師、私にとって憧れの師、私という小さな人間を人間らしく扱ってくださった師を紹介しようと思う。

私は川上三太郎、白石朝太郎という二人の師を持った。いま思うに二人の師は私に川柳を一回も教えてくれなかった。つまり私は川柳を学んだのではなく、人間が生きるために何が大切かを、言葉ではなく私の目の前の行為で示してくれたのである。

川上三太郎からは座布団の上に立ってはならないことを教わった。

昭和四十年のことである。私は鬼原光彦十七回忌川柳大会を開き、東京から川上三太郎が駆けつけてくださった。読経が終わり全員が起立し黙祷に入った。私は何気なくそのまま立ち上がり目をつむった。私の右側の川上三太郎も同じように立ち上がった。黙祷の半ばに三太郎が私にぐーんと体を寄りかけて来た。私は酒気が残っている三太郎をかばうように肩で押し返してあげた。一瞬体は離れたが、やがてまた同じように寄りかかってくる。

私は少し目を開けてみた。そこには座布団と座布団の間に両足を直線的に並べてふらついている三太郎の足があった。

「おい！　フウリュウ、君も座布団から降りろ！」と叫んでいるようだった。

やがて黙祷は終わり、全員が座布団に座った。会が終わるまで三太郎はひと言もそのことには触れず笑顔で接してくれた。

私はその日から座布団の上に立てなくなった。

座布団から降りて立つ、降りたから川柳がうまくなる筈はない。しかし座布団から降りる心を持つことによって何かが変わるのだ。その変化を大切に持ちつづけること。そこから作品も少しずつ変化してくる。

そんな教えをありがたく思う。

中島紫痴郎という川柳作家からも可愛がっていただいた。新川柳傾向の「矢車」などで活躍され、長野県湯田中温泉の開業医で世界的にも有名な医師であった。

昭和三十八年の新潟の大会に中島紫痴郎を招いた。大会が終わり懇親会に入りその途中で新津駅へ案内してお帰り願ったことがある。長野の吉田伍堂も同じ列車で帰られたが、伍堂は先頭車、紫痴郎は最後尾車に乗った。

私はまず先頭の車の伍堂をホームで見送った。列車は走り出した。私は懇親会へ戻るためホームを急いだ。ふっと最後尾の中島紫痴郎を思った。

ホームで走る列車の中島紫痴郎を探した。走り去る最後尾に私は紫痴郎を発見した。そして驚いた。あの走り去る車窓にご自分の顔をぴったり押しあてて私を探している紫痴郎が見えた。あっという間の出来事であった。

私は身の毛がよだつほどの感動をおぼえた。七十歳を越えておられる先生が、三十五歳の私を求めている必死な形相がありがたかった。

もしも私が見向きもせずホームをすたすた歩いていたらと思うとゾッとした。

私は新津駅から懇親会場まで走った。力いっぱい走った。「このまま倒れてもいい」と思った。走らなければ逆に倒れるとも思った。不思議なくらい涙が出た。それが止まらないのだ。

この感動によって私は少し変わることができた。

まだまだたくさんの体験を川柳の先生からいただだいた。

気障っぽい表現だが、これが「道」の世界だと思う。私はこの「道」の世界をわが師から体験することができた。

私はこの「道」の世界を後輩に残したいと思う。（文中敬称略）

本音を語る

2008-01　No.80

平成十九年は川柳発祥二五〇年ということで、東京を中心に各地でそれを祝うイベントが開かれた。

私も実行委員のひとりとして参画してきたが、その中でも〝目で識る川柳二五〇年展〟を新潟で開催できたことで、私自身もさることながら、それを手伝った多くの川柳家たちもそれぞれ川柳を改めて見直すことができたと思う。

更に言えることは、このイベントが社会に向けての川柳として大きな役割を果したことである。

江戸時代から明治、大正、昭和そして平成へと引きつがれて来た川柳の大きなうねりが、見事多くの人たちの目に訴えられたのである。

柄井川柳と呉陵軒可有、花屋久治郎の三者の力によって、文字による伝達があったればこその二五〇年だと思う。

しかも九世川柳のときの二本の元祖川柳翁肖像掛軸の事件なども、長い歴史の中のひとつとして興味をそそるものである。

また三種の神器と称される初代川柳画軸と初代無名庵の印なども、今では歴史的遺物として多くの人の目を引きつけた。

明治に入って井上剣花坊、阪井久良伎の出現、その後の新傾向川柳、新興川柳などの作品も興味をそそるものである。

とくに昭和に入っての〝戦争と川柳〟は、今では貴重なものとして入場者の目を引いたと思う。

その後、漫画川柳やサラリーマン川柳、更に公募川柳の出現などであらゆる面で人間の喜・怒・哀・楽の表現として、いまや川柳は花盛りと言ってよい。

私たちはこの川柳二五〇年に当たり、これからの川柳を考え、大いに議論をしなければならないのではなかろうか。そしてこの記念すべき二五〇年のいま、川柳に関わりを持つ喜びを再確認したいと思う。

この労を一手に引き受けて実行された尾藤一泉氏に感謝いっぱいである。

そのような中で、私は平成二十年、柳都六十周年を迎える。感慨またひとしおである。一体何がこんなに私を夢中にさせたのだろうか。月一回の発行も七〇〇号を十分越えた。

実は平成十九年四月に迎えた七〇〇号に「七〇〇号の本音」と題してそのことに触れて書いた。その十カ条をコメントをつけてここに発表させていただきたい。

①すばらしい師との出会い

やはり私にとってこのことが最大の事項である。私はすばらしい師との出会いによって開眼したと言ってよい。しかもそれは川柳そのものではなく、まさに師の生きざま、具体的にいうならば川柳への情熱、そしてそれが崇高なまでに若い私を虜にしてしまったのである。ことばでは表現できない感動が全身に走った。それが川上三太郎であり、白石朝太郎であり、岸本水府であった。知識や学問などは小さく見えた。とてつもない大きなものを感じた。やがてそれは自分への〝厳しさ〟であると知った。

②癌の手術（二回）により命の重さを知った
そしていま生きている喜びを、感動を五・七・五で表現しなければならぬと誓った。〝いまが私にとって一番若いのだ〟と悟った。
③二所懸命に挑戦した
仕事と趣味の二つを手を抜くことなくがんばった。柳都発刊と社会に出た年が同じだった。したがって仕事と趣味を同時に持って社会人となったと言える。私は川柳によって仕事（人を育てる）に勢いを加えた。
④ケチで臆病だった
他人は私を楽天的だと言う。それは間違っていない。苦悩がないと言う。これは間違っている。正直言うと私はケチで臆病でおののいていたのである。だから七〇〇号を達成できたと今でも思っている。
⑤常に強力なブレーンがいた
七〇〇号続いてのブレーンではない。十年から十五年の間に違ったブレーンが私を支えてくれていた。ありがたいことである。

⑥ビジョンや夢よりも〝いま〟を大切にしてきた
　常にいまを大事に、いまを考えた。いま何をやるべきか、何を考えなければならないか。その連続が七〇〇号を生み出した。
⑦無駄な情報を断ち切った
　不要な情報は自分を狂わせる。自分を守るためにもあえて断ち切った。冷静な自分を保つよう心掛けた。
⑧家族が川柳に口を出さなかった
　私は二十歳で「柳都」を発刊、二十二歳で結婚。故人となった妻も、私を囲む家族は一切川柳には口を出さなかった。これが実に大きな支援となっていた。
⑨「柳都」は私のものであると断言した
　誤解されそうであるが、私はそう信じた。だから、編集や発送などには常に私からお願いをする習慣をつけた。
⑩誰よりも私は「川柳」が好きだった
　そう思うと更に好きになっていった。そして今は人間大好きになった。

まだまだ書けば切りがない。しかし十カ条にまとめるならば以上のようになる。

これはあくまでも私の考えである。数年前から金子みすゞの「みんな違って　みんないい」が頭から離れなくなっている。

それぞれが自分で自分のために考え出して欲しい。平成二十年の幕開けに私の「本音」を書かせていただいた。

2008-02　No.81

さあ川柳二五一年へ

戦後昭和二十二年から二十四年にかけて全国的に川柳の雑誌が雨後の筍のごとく各地で発刊された。

その時から生き残った(?)川柳社では、昨年から今年にかけて創立六十周年記念川柳大会が開かれている。

そのひとつが川柳宮城野社であり、川柳白帆吟社、そして今年大会を開く小樽川柳社と川柳の里で知られている弓削川柳社、そして私の柳都川柳社などが挙げられる。まだ他にもあろう。みんなそれぞれ苦闘の六十年と言える。

私もその六十年、ひとすじの道を歩いてきた。いや走りつづけたと言ってよい。

先月号のこの欄でなぜつづけて来られたかの十カ条をあげた。すべてが〝おかげさま〟の一言に尽きる。

今回、六十周年を記念して「定本大野風柳の世界」の出版を決意し、二十歳代からずうっと私が書いて来たものを通読してみて、いろいろなことに気付かされた。

結論を先に言うと、いまの川柳界が奇麗になりすぎたということである。大人の世界とは違うが見事に整理され、見事な成果をあげている。いや、いるように見えると言った方がよかろう。そしてある程度の満足感が満ちている。

しかし、これから先のことを考えたときに、いずれこの形がマンネリの殻となることは当然だと言える。

ただ、この六十年という期間は日本にとってとてつもなく変化をした時代であるが、その激しい変化の中で川柳という小さな文芸が、懸命にその時代に遅れまいと歯を喰いしばってやってのけてきたのである。涙ぐましい努力が積まれてきたのだ。

私はその時代時代の隅っこで正直に川柳への直言を書いてきてよかったと、いまになって思う。

先のことを考えずに、そのときの自分の感情を表に出して、あるときは喜び、あるときは怒り、そしてあるときは悲しんでいる自分を改めて見直すことができた。

やはり〝文字で残す〟ことの大切さを身に沁みて感じた。

今年の一月に八十歳になり、これからも生涯現役としての私に大きな大きなパワーを与えたということを告白しておこう。

とくに昭和三十年代の日本の柳界は、若い私に活力を与えてくれた。世に言う六大家もそれぞれ吟社を持ち、と同時に個人としても日本のリーダーの役を果していた。さらに六人の間の協力も見事だった。みんな〝川柳〟を愛し、〝川柳〟を自分の責任で向上させてくれた。

昭和三十年の始め頃には、現代川柳作家連盟（代表・今井鴨平）が生まれた。伝統と革新の対立が激しい時代もあった。

その頃はひとりひとりが自分の信じる川柳というものを持ち、自己を主張していた。傾向が違うことにむしろ誇りさえ持っていた。

それより前の昭和二十年代では石原青竜刀が〝川柳非詩論〟を打ち出して話題を呼んだが、いま思うに気力の抜けていた柳界へのひとつのアンチテーゼであった。若い私などは正面からこの〝非詩論〟に喰いついたものだった。

さて、三十年代は俳句界との距離が近かった。山口誓子が日野草城の句を批判したことや、西東三鬼の「俳句大政奉還説」、保田与重郎の「川柳永遠勝利説」なども、川柳誌で取り上げている。みんなが俳句の情報に耳を傾けていた。

『国文学解釈と鑑賞』でも①わが社の主張②古川柳についてなどのアンケートで川柳界への呼びかけもあった。

このように昭和三十年代の川柳界は火花の散る論争がなされていた。時代背景がそうさせたというだけで済まされないと思う。同じ五七五の俳句がすぐ隣にいて、お互いが（とくに川柳の方が）仲間の問題として川柳の中で取り上げる。それがごく自然の形であった。

そして約五十年後の川柳界は果してどうか。議論が全くなくなった柳壇でいいのであろうか。

昨年は川柳二五〇年の記念すべき年であった。過去を知ると同時にこれからの川柳への出発点でなければならない。

第二の石原青竜刀が現われていいのではないか。

川柳家個人同志の中に隙間風を吹かせてはいけないのである。

そして若い感覚も加えていこう。

さあ、議論をしようではないか。そのためにもひとりひとり自分の川柳観を固めていかなければならないのだ。

見えない一位こそ

2008-03　No.82

私が購読している数少ない一冊に、隔月発行Ｂ６判の大きさの〝ｍｙｂ〞という雑誌がある。四十八ページの小冊子ではあるが毎回の特集が楽しみで、一月十五日号は『俳句のこころ』だった。そもそも〝こころ〟というひらがなも私好みである。執筆者は山下一海、嶋中道則、今井千鶴子、田中陽の四名の方々で、その中の日本伝統俳句協会常任理事の今井千鶴子さんの文に注目した。

テーマは「素直こそ」でサブタイトルは〝これから俳句を始めようかと思うあなたへ〟となっていた。その中の一部をずばり書いてみよう。

「およそ日本人で義務教育を受けていれば〝俳句〟ってナーニ、と言う人はいません。芭蕉様の名くらいは聞いたことがある。新聞にも俳句欄があるから読んだことがある。先ずそこ止まり。ま、いいか、いやになったら止めれば良いんだから。でも、こういう白紙状態の女性は案外限りない可能性を持っているのです。

そう、俳句を始めるについて一番大切なのは先入観を持たないこと。自分の素直な目で見、素直な心で感じて表現することです。

近ごろは情報が多すぎます。俳句を始めようかと思うと先ず本屋とか図書館へ行く、ハウツーの本が多すぎます。同じカルチャーセンターへ申し込むにしても、男性は必ずそういう本の二三冊は読み、ことに年輩のプライド高い男性にその傾向が強い。これは素直と正反対の結果をもたらしますからご注意を。
俳句を始めて良かった、と言う方は男女を問わず、こんなにきれいな自然が自分の周りにこんなに沢山あったのか、今まで何を見ていたのかと思う、と言われます。私はよく話すのですが、俳句を始めると魔法のメガネをかけたようにこの世の中が違って見えるものなのです。(中略)
俳句はどんなキッカケで始めたにせよ、ご自分と自然(この中には生活も含めて)との対話があり、心の癒しであると私は思っています。俳句は誰のためでもない自分のために作るものです。自分の感動を十七音で季節の言葉を通して表現するものです。決して人の真似をしないことです。(中略)
私はひとつだけを言い続けることにしています。
〝皆さん、俳句と仲良くして下さい〟と。」

長々と引用させてもらったが、実に平易なことばで自然体で書いてある。しかもその最後のことばがすばらしい。

川柳家もこうありたいと思う。

○

昨年の三月まで凡そ六年間、ＮＨＫテレビの夕どき新潟の川柳を担当してみた。終わってみて私の方に多くの収穫があったと思う。それは何よりもテレビの怖さであった。

これは五木寛之氏も語っていたが、「ウソがすぐばれる」ということ。つまりテレビ画面に出る顔と体の表情が正直だということである。どこかから借りたことばも、実際の事実を誇張したときも、表情を見ているお茶の間の人から見れば「ウソ」がすぐバレるのだ。

ホントのことを、感じたそのままを正直に伝えることの大切さを知った。

川柳作品もまさにその通りなのである。

川柳とはその〝人の表情〟を自然のまま表現すべきものなのである。

○

現在、七十五歳のプロスキーヤーである三浦雄一郎の講演をかつてよく聴いたものだ。

今回、新潟日報抄に私が忘れていたものが書かれていたので、改めて正しい数字を入れて紹介してみよう。

過去幾多の限界に挑戦してきた三浦雄一郎であるが、三十一歳のときにイタリアでの五日間のレースに挑んだときのことである。四回目で二位まで記録を伸ばしたが、ゴールした直後に一七〇キロの猛スピードで転倒し全身を強打してしまう。医者の出場停止の忠告も聞かず、最終日に出場、結果は七位にまで落ちてしまった。

その悔しさの中でこう言ったのである。

「人生にも、スポーツにも、見える一位と見えない一位がある。勇気、根性という見えない世界のスキーでは、自分は誰にも負けなかった」と。

そうだ、川柳の世界にもこの「見えない一位」があるのだ。

ひとりひとりに違った「見えない一位」があったのだ。

それをお互いに大切にしようではないか。

2008-04　No.83

時事川柳考――川上三太郎の遺言――

私が担当している川柳欄のなかに〝読売越路時事川柳欄〟がある。昭和二十九年一月に開設され、ことしで五十四年になる。この間ずっと選者としてつづけてきた。

選者になったのが二十六歳、川柳欄開設には川上三太郎推薦のことばがあった。

読売新聞社では終戦後いち早く一面にスペースをとって川柳欄をつくった。昭和二十五年四月である。それから四年後にはじめて地方版の川柳欄が新潟に誕生したのである。

その後五十四年に亘って時事川柳と取り組んできたことになる。

ここでも以前触れたと思うが、若くして「柳都」を創り、いきなり選者という立場に立たされ、私は選句をしながら川柳を勉強してきたと言ってよい。時事川柳も然りである。力が無いだけに真剣だった。必死だった。集まった作品のなかから川柳というものを勉強した。手抜きは許されなかった。

今だから正直に言えるが、自分の抱えている不安を誰にも相談ができなかった。ただその時持っている自分の力を選句にぶっつけた。それしか道はなかったのである。

そうして育てられたのである。

今でもときどき「あなたは頑固なところがありますね」と言われる。そんなことは絶対ないと答えるが、最近になって少し分かってきた。それは、自分に対しては頑固だったということである。

そうだ。選句と戦い、時間と闘っているうちにいつの間にか自分に対する頑固が私の体内に育っていったのだ。ありがたいことである。

話がそれてしまったが、本論にもどそう。読売越路時事川柳欄開設後四年目の昭和三十三年十一月に時事川柳大会をはじめて開いた。その後毎年開催し、ことしが五十回目になる。

私は選句とともに必ず時事川柳について講演をしてきた。その一年間の時事川柳をふり返って、作品に触れながら「時事川柳」を語るのである。

五十回という節目に当って今回は「越路時事川柳今昔ものがたり」とした。

いろいろ考えたあげく、ことしは川上三太郎著「川柳２００年」（昭和四十一年九月発行所、読売新聞社)を中心におこなった。

横道に逸れるが、この川柳二〇〇年というのは〝誹風柳多留〟が明和二年(一七六五年)に刊行されてから昭和四十年で二〇〇年になるということ。昨年の川柳発祥二五〇年とは、柄井川柳がはじめて川柳評万句合を開いたのが宝暦七年八月二十五日(一七五七年)で、それから数えて昨年が二五〇年に当たる。つまり八年の開きがある。

この「川柳２００年」の中で著者川上三太郎は次のように述べている。

『以上いずれも(昭和終戦後の時事川柳)その句材を最近のニュースに採っているが、これでも一年二年と時が流れると、句もかすんでいく。これは時事吟にとってやむを得ぬ大きな宿命である。

しかし、時事吟作者はそんなことには一顧も与えない。どうでもいいのだ。彼らはただ怒るときにはパッと怒り、喜ぶときにはパッと喜ぶ。それだけで満ち足りているのである。そして世にニュースのある限り、彼は川柳という大樹の中で一本の枝としてそのまま生きつづけていくであろう。いずれにしても戦後、時事諷詠の発芽はまだ二十年しかなっていない。すべて話はこれからである。』

なんと小気味よいことばではないか。もっと早くこれを発見して読売時事川柳大会で紹介するべきだったと後悔している。

全く同感である。「怒るときにはパッと怒り、喜ぶときにはパッと喜ぶ」これが川柳家なのだ。そして「川柳という大樹の中で一本の枝としてそのまま生きつづけていくであろう」、さらに「すべて話はこれからである」と言う。

この最後のことばを残して川上三太郎は二年後の昭和四十三年十二月二十六日にこの世を去った。

「フウリュウくん、ボクはあえて二足のわらじを履いているのだよ」と、じっと見つめながら私に語ったことばは、まさに私への遺言であったのだ。

大会のその日、私は最後に訴えた。

「もっと怒らなければいけない。もっと悲しまなければならない。そして大衆の代弁にとどまらず、自分の怒りを時事川柳に托して欲しい」と。

〝川柳への招待〟と〝点鐘散歩会〟

2008-05　No.84

平成二十年三月十五日から四月二十日まで、岩手県北上市の日本現代詩歌文学館で〝川柳への招待〟という特別企画展が開催された。

これは昨年の川柳発祥二五〇年を記念する当文学館としてははじめての川柳展である。日本現代詩歌文学館は平成二年にオープン。その後、詩、短歌、俳句などの特別展は開かれていたが、川柳展は今回はじめてである。

篠弘館長は今回の〝川柳への招待〟の挨拶でこう述べている。

「今回はじめて川柳をテーマとする特別展を開催いたします。

いうまでもなく川柳は、伝統的な定型詩の短歌や俳句とともに、広く人びとに親しまれてまいりました。近年における華ばなしい盛況を背景として、昨年は川柳発祥二五〇年を記念して、各地でイベントがおこなわれました。川柳の歴史と現況を知りうるチャンスとなり、一層川柳に対する関心も高まってきたのではないでしょうか。

川柳は『柄井川柳』の名が、そのまま文芸のジャンルの名称となった、珍しい例です。十七音の定型のほかは、なんら制約がなく、話しことばが駆使されています。そのモチーフも、人生の本質にふれた普遍的なものから、世相に対する評言まで、その範囲は広いものです。爛熟した目下において、現実の社会を批判し、的確に諷刺することのできる詩型にほかなりません。

このたびの展示に際し、川柳史の概要をふまえながら、二十世紀からの魅力ある作家や作風にスポットを当てました。充実した展示とはほど遠いものですが、川柳を身近なものとして認識し、これからの川柳の隆盛を渇望したいと存じます。厚いお力添えに、心から感謝いたします」

まことに川柳にとってありがたい企画であり、開催であったと思う。

私は当文学館振興会常任理事として、この開催に際して全力を尽くしたことは言うまでもない。そして何よりも嬉しかったのは開催目的が、これからの川柳という考え方であったからである。

もちろん将来を考えるには、まず現状の川柳界のありのままの作品を提供すべきだと思った。一党一派に偏らず、すべてを正直に見ていただかねばならない。

作品のほかに全員からの川柳へのメッセージやコメントがあり他のジャンルの方々からの感想もいただきたいものである。

今回の開催に当たり、(社)全日本川柳協会、川柳学会、岩手県川柳連盟の各団体から後援していただき、見事な成果を上げることができたと思う。

また、昨年の川柳発祥二五〇年の各イベントがあったればこそ、古川柳から現代川柳への歴史的解説も充実した成果であったと言える。改めて尾藤一泉氏の労を称えたい。

いまや、川柳は他の短詩文芸からも興味と期待の注目を浴びている。これを川柳界としてどう受け止めるかである。これを忘れてはならない。

○

ある日、『点鐘散歩会』という一冊の本が届いた。毎回いただいている墨作二郎氏が発行している『点鐘』の合本か句集かと思ったが、内容を拝見して驚いた。

平成八年三月から毎月開いている散歩会の記録である。数えて一四四回という。今回は最近四年間のもので、以前にもこの種の本が刊行されたかどうか私は分からない。

しかし、毎月散歩会を開き、近くの幅広い文化に触れるという行動がすばらしいのだ。

墨作二郎代表は〝今思うこと〟と題して次のように述べている。

「散歩会の考え方は当初と変わりなく、〝外へ出て書く川柳〟で直接自然の変化や世情の流行や変幻を体感することで、知識の内容を吸収して、今に欠けている川柳のこれからを見出したいのである。芭蕉は旅を通して風雅の心を養い、自己の芸術をより高める方便としている。このことに学んで正岡子規は俳句に写生を提唱し、碧梧桐、虚子らに継承されている。実作の一方法として吟行があるがこれは外へ出て、自然の景物に接し、目の前の景を見て作句する〝嘱目〟が基本である。—中略—

当初散歩会は川柳の〝類想類句を絶つ方法〟として発足したが、日常性から脱出、終りない発想、異質の時間、最も自然らしい自然の発見等から思いがけなく良質の作品展開があったようである。近郊に奈良や京都の古刹があるのも恵まれていて逞しい古代認識が得られる。それらからは旅の心、遊行の心映えに通じるものもあろう。

散歩会を通じての発見を感じる。舌頭に千転するリズム感、句想の尽きる迄を吐く無制限出句からの効果、極限の選句数からは選句眼の実力向上にもなっている」

私はこれを読んで、首をタテに振りつづけていた。全く同感である。

何十年も同じ句会場で、今日も課題をどう掴えるか、どう表現するかを黙々とつづけ通している、いまの句会中心の川柳界への大きな大きな警鐘として私は受け止めた。

この散歩先は、京都東福寺、近江八幡国民休暇村（一泊）、マルモッタン美術館展、天王寺動物園、ルーブル美術館展、国宝姫路城、なんばパークスとワッハ上方、藤田嗣治展、京都島原重要文化財角屋などなどである。そしていかなる作品が生まれたかというと、

皮靴の龍馬紅葉とすれ違う　墨　作二郎
お静かに林檎が眠っているのです　本多　洋子
父を見つける水の匂いのするところ　嶺　裕見子
もう泣かんといてや春団治　北川アキラ
ライオンはもうライオンに戻れない　徳永　政二
フラミンゴののどは黒酢をのんでいる　吉岡とみえ
二十一世紀の人は入らないでください　今井　和子

石垣を見上げる僕は兵隊になれない　南野　勝彦
ガラクタはガラクタのまま絵になった　前田芙巳代
遊ぶ人刀をここにかけなさい　畑山　美幸

さてこれらの句はどの散歩会の作句なのだろうか。その辺を探るのもまた楽しいもの。そんなことよりも作者の方がずっと楽しく川柳を書いているではないか。これを見逃してはならない。

今月は引用文が多くなったが、その引用が即、私の意見そのものだと思って欲しい。

2008-06　No.85

六十年前の川柳非詩論のこと

昭和二十年代で当時の川柳界を揺り動かしたものに石原青竜刀の『川柳非詩論』がある。

今回〝定本大野風柳の世界〟を刊行するに当たり、昭和二十五年頃からの私の川柳に関する執筆をまとめながら、この『川柳非詩論』を改めて読んでみた。

結論は、沙人という俳号を持っている石原青竜刀の当時の川柳界へのひとつのアンチテーゼであったと言ってよい。

当時の川柳界には、何がなんでも川柳を文芸として認めて貰わねば沽券にかかわる、という風潮があった。まず「詩性」を川柳にと、それが優先していた時代だった。

まだ二十歳を越したばかりの私も、その流れのひとりとして石原青竜刀に喰いついた。何の裏付けもなく、「詩」というものも知らぬままだった。

石原青竜刀の非詩論を要約してみると、「川柳という文芸の一ジャンルに、他の文芸と異なった独特の存在理由が無ければならぬとし、その存在理由を非詩性、或いは非詩文学に発見した」

「人間の思考の内にある非詩的想念と、詩的想念とを対立するものとして、両者共に文芸として表わされた場合、本質的に優劣は無い」

「詩だけが高く貴いものであるという既成概念に、無条件に服従している現在の一般人類には、非詩論は到底納得できない」

などであるが、すべて一理ある論と言える。いまの私ならば納得できる論旨である。昭和二十年代では詩そのものに憧れ、川柳の卑俗性を極端に嫌い抜き、結果として「詩性川柳」へとなだれ込む傾向があった。

更に人間性探求を川柳で求める人たちも多かったが、それに対して青竜刀は次のように言っている。

「いわゆる人間性探求は、近代文学のすべてに共通するものであり、現代川柳においても当然それは一つの目的でなければならぬが、それだけでは川柳性と言えないと思う。言うならば人間性探求の結果を諷刺的にえぐり出し、それをウガチにおいて表現するときに川柳があるのである」と。

そして、青竜刀はこうまとめている。

「川柳の本質は非詩であるが、作者は詩人である方が望ましい。これは表現を適切ならしむるためのみならず、詩人の眼によって諷刺はより高く、適切に把握されるからである。詩を解する人であってはじめて非詩の意識がより明確に理解されるのである。

非詩と言っても表現されたものは広義の詩、即ち韻文にちがいない。ポエジーは無くともそのウィットはより鑑賞者に訴えるために、適切な詩的表現を必要とする。そこにも川柳作者が詩人であることの適切性がおもわれるのである」と。

見事なまとめ方と言えよう。

このようなことが約六十年前の川柳界で論じられたことは私は喜びたい。若さ故に意味もなく喰いついた私を青竜刀はあたたかく受け止めてくれた。そして新潟の川柳大会にはたったひとりで出かけてきてくれた。若い川柳家にハッパをかけながら本人が一番満足そうであった。

晩年、声帯を悪くされ声が出ない状態で大会に参加、ほとんど会話もできないなかで懇親会の乾杯の役をかって出て、おそろしいほどの発声で怒鳴ったことがある。私にはその意味のわからぬ怒声が「柳都ガンバレ、風柳ガンバレ」とはっきり聞こえた。その翌日、青竜刀は無言（声が出ない）のまま磐越西線の新緑を楽しみながら帰京された。その後、二カ月足らずで青竜刀はこの世を去った。昭和五十四年九月五日である。あの命をこめての乾杯は川柳界に訴えた最後のことばであったのである。

第四章　一本の鉛筆の力

珠玉はどこにでも転がっている

2008-07　No.86

「サッカーの神様」と言われた長沼健さんが六月二日に亡くなられた。

実は私は長沼健さんの隠れたファンのひとりであった。

昭和四十三年から五十七年まで私は北越製紙（株）で研修を一手に引き受け、日本生産性本部（当時）から講師を派遣していただき従業員の意識改革に懸命であった。

その講師にはもちろん経済や管理の専門家たちもおられたが、各界の一芸を持った講師も多かった。例えば日本で最初のボクシングフライ級チャンピオンの白井義男さん、体操でオリンピック金メダルの遠藤選手、そしてサッカーの長沼健さんらであった。

長沼健さんは昭和四十三年のメキシコオリンピックで銅メダル獲得という偉業を達成された。

私は研修担当者として数回にわたって講演を聞くことができた。いつも講演後、喫茶室でコーヒーを飲みながらサッカーのお話を聞くチャンスを得た。

まだサッカーが今ほど国民に浸透していなかったが、同じ講演を何度か聞いて、そのたびごとに新しい感動や新しい刺激を受けたものだった。

話というのは同じものを何回も聞いていると、その先に出てくる話題が予想され、なんとなく余裕をもって聞けるものである。そしてそのたびごとに新しい感動が必ずあるものである。

更にコーヒーを飲みながら聞く生《なま》のことばは私の心を大きく揺さぶってくれた。

一対一で話す長沼さんの迫力は凄いものがあった。小柄だった長沼さんは体全体で語ってくれた。その手の動かし方は常に直線的であった。まさに話術よりも体術というくらいの迫力だった。

そしてドイツ人のクラマーさんに話が触れると、更にその手の速度に勢いが加わった。口ぐせに次の選手へは〝のしを付けた球を送れ〟と言っていたという。

またクラマーのサッカー指導は、必ず相手の国の国民性から始められたという。その国の歴史から語り、まず相手を知ることだという。

そんな話がいまの私に育ててくれたと思う。更に長沼さんが現役の時代に鬼のような人事を断行したのも、サッカーを心底から愛したためだったとも思う。

今回の岡野俊一郎、釜本邦茂さんらの追悼のことばが私の胸の中をえぐって仕方なかった。

私には年一回、北上市の日本現代詩歌文学館賞の贈賞式に参加するチャンスがある。毎回そのことについて「川柳マガジン」に書いているが、今年も五月二十四日に同館講堂で開かれた。

この賞は毎年選考委員によって前年中に刊行された、詩、短歌、俳句の作品集の中から一点を推薦し贈賞されるものである。

今年は、詩では谷川俊太郎、短歌では清水房雄、俳句では鷹羽狩行の三氏が選ばれた。

推薦のことば、そして受賞された人のことばを聞いていてさすがだと思った。

同誌の前身「オール川柳」時代の大会でお逢いして、それ以後雑誌を交換していた俳句の山田弘子さんが選考委員の立場で鷹羽狩行さんを語っておられた。

今回の詩部門受賞作品集「私・谷川俊太郎」をその席上で購入、その最初に掲載されている〝自己紹介〟を読んで私は大きなショックを感じたので、いまここに紹介してみよう。

自己紹介
私は背の低い禿頭の老人です
もう半世紀以上のあいだ
名詞や動詞や助詞や形容詞や疑問符など
言葉どもに揉まれながら暮らしてきましたから
どちらかと言うと無言を好みます

（以下略）

この淡淡と書かれた詩を読んで、ふっとサトウハチローの〝五・七・五で何でもよむ〟という詩と重なって仕方なかった。
これからの川柳の方向が少し見えてきたように思う。

2008-08　No.87

若返った一瞬

内弁慶ということばが使われている。大体はあまりよくない意味で使われる。

先日、テレビのある座談会で日本人はどうも内弁慶ではないかと話し合っていた。知り合い同志のときは結構楽しく気楽な雰囲気でおれるが、いざ未知の人たちの中に入ったときは黙り込んでしまう。

この話を聞いていて、私は川柳界のこと川柳人のことを考えていた。そうだ、川柳こそ内弁慶ではないかと思った。

川柳界の中では大きな顔をしているがいざ他の世界（ジャンル）の人とでは黙りこくってしまう。

話題を持っていないから、あるいは心の隅に川柳をやっているという劣等感があるためなのか、また川柳だけの知識や作句力で満足しているためなのか。

去る六月二十九日に柳都六十周年の大会を新潟市のグランドホテルで開いた。

いま、全国各地で開かれている大会のほとんどがワンパターンになっていることに、私はかねがね疑問を持っていた。

昨年と違う大会を、他社で開く大会との違いを常に考えつづけ、またそれを実行しつづけて来た。

あまりにもいまの川柳大会のパターンに馴れ切っている川柳人が多いため、変えることに違和感さえ持たれるのである。

しかし、私はどうしても同じパターンでは私自身が許せなかった。

そのような中で、この六十周年大会をどう開くかと幹部同士で話し合ってみても、流れを変える大胆な意見は出なかった。

そんなとき、ふっと冗談まじりに「大野風柳の生前葬」をしたらという発言が出た。六十年もひとりで主幹をつづけたのだから、何をやっても批判は出ないだろう。それならば「生前葬」がいいじゃないかと。賛成の声がどっと出たのである。私も「そうだ、いいな」と思った。

生前葬ならば何をしたらいいのか。そこからアイディアが出るわ、出るわ。新しい世界が見えて来た。

結果としては生前葬は実現しなかったが、生前葬ということばから新しいアイディアが噴出したのである。そして過去とは全く違った大会で成功したと言える。

オープニングが奇抜だった。地元の書家・菅井松雲さん（毎日書道展審査員）との風柳作品競書をやってのけた。

開会の十時二十分。会場は暗闇のまま「鼓童」の太鼓が静かに流れはじめる。司会のことばは全くなし。しばらくして入口の扉が開いて、私と菅井松雲さんとが共に居合道の黒装束で身を固めて入場。スポットライトの中で私が先導して二八〇名の円卓会場を回り、中央の舞台に上がる。二人は頭を下げ無言の挨拶。書道のお弟子さんらがタテ二メートル余、ヨコ七十センチの白紙額を二人の前に用意、「イヤーッ」と菅井さんが墨たっぷりの筆で私の川柳を投げつけるように書く。その時太鼓の音が最高となって会場の人たちも最高潮。書き終わって今度は私の番、気合いの発声と共に垂れ落ちる墨の量もなんのその川柳をなぐり書く。

私はあえて事前の練習はせず、ぶっつけ本番の仕事だけに一種の興奮で一気に書き上げた。

その句は日本海の句で

○蟹の目に二つの冬の海がある　風柳
菅井さんの書いた句も日本海の句で
○日本海と闘っている瓦屋根　風柳
期せずして柳都六十年の歴史を表わす作品が並んだ。


八十歳になった私は、柳都創刊号を手にした二十歳の私に戻っていた。ガリ版刷り十ページ足らずの創刊号を手にした私と重なっていた。

こんなすばらしい体験ができた感動で私の血は音をたてて流れていた。

その日は懇親会が終わる二十時まで参加者全員が川柳というものの喜びに舞い上がっていた。今でもあの「鼓童」の太鼓が私の体の中で打ちつづけられている。

川柳人は内弁慶であってはならない。いや内弁慶になるいわれはないのだ。堂々と自分で自分の作品を作る、書く。そして詠む。

川柳とはこんな誇り高いものなのだ。

一本の鉛筆と一人の悲報

2008-09　No.88

――一本の鉛筆があれば――

一本の鉛筆があれば
私はあなたへの愛を書く
一本の鉛筆があれば
戦争はいやだと私は書く
一本の鉛筆があれば
人間のいのちと私は書く

これは美空ひばりが、生前歌った「一本の鉛筆があれば」という歌詞である。

一九七四年八月にこの歌が生まれ、ずっと美空ひばりが歌いつづけた。今年は八月六日に丹藤まさみが平和祭で歌ったという。

この一本の鉛筆があれば――ということばが私の心をさらった。

私たちが、句会や大会で自分の句を句箋に書くとき、ほとんどが鉛筆を使う。昔からの習慣だとばかり思っていたが、実は謂れがあったのだ。

この「愛」とか、「戦争はいやだ」とか、「人間のいのち」とかを書くとき、ペンでも筆でもなく、鉛筆という響きの方が一層読む人の心を揺さぶると思う。

あの「鉛筆」で書くとき、自分の本音が、真実が書けると思う。

私たちが句箋に書く鉛筆が最も日本的でそのときの本心をそのまま書けるように思う。

子供の頃、小刀で危険を感じながら鉛筆を削り、削り屑のささやかな木の香りを感じながら勉強をしたものである。

この日本の文化を漂わせる木の香りが、ホンモノを書く気持ち、ホンモノになる環境をうながしてくれたのではないだろうか。

去る六月二十九日の早朝、斎藤大雄はこの世を去った。突然の知らせだった。彼ほど動いて川柳の仕事をした人はいない。北海道に住んで、まさに全国を駆けめぐった男である。

緻密な思考というより、動物的臭覚でとにかく働いた。数年前の現代大衆川柳論もそうだ。議論のあまりにも少ない柳界へのひとつの投石だったと言ってよい。

彼は考え悩む前に常に行動を先とした。これはすばらしいことだと思う。

日川協理事会や会議の場合、よく同席したが、彼は私を、私は彼を意識していたと思う。そして口火を切ったのは必ずと言ってよいほどいつも彼だった。私はあえてそれをいつも待っていた。

昨年の川柳発祥二五〇年の実行委員に二人はすぐに手を挙げた。川柳のために行動するとき二人はいつも合意したものである。そして持てる力を一二〇パーセント発揮した。

昨年からは、あえて二人だけの会話を心掛けるように私から話しかけるようにした。

その彼がこの世から姿を消した。

今年の七月二十七日に開かれた小樽川柳社六十周年大会に招かれ、私は「川柳の光と影」

というテーマでお話をした。

実は北海道へ出かける数日前に大雄夫人に電話を入れた。八月三十日の偲ぶ会には先約（長野県川柳大会宿題選者）があり出席できないことを告げ、今回の北海道行きの際、霊前にお参りをしたい私の気持ちを伝えた。「ぜひ、ぜひそうしてください」と声を張り上げておっしゃってくださった。

小樽へ着き、すぐに私は札幌へ足を向けた。札幌市東区北二十一条を目指して、札幌駅北口からタクシーに乗った。車中から電話で聞きながらようやく到着。閑静な住宅街であった。家の前には奥さんが妹さんと二人で手を振って待っていてくださった。

書斎には遺影が飾られ、線香の香りが漂っていた。癌と闘い無言で活動してきた彼の写真は優しく笑っていた。十二分の仕事をやり抜いた優しさがそこにあった。満足いっぱいの顔だった。

奥さんと小一時間語ることができた。そのひと言ひと言が私の歩いて来た道と重なっていた。

「何も私はお手伝いしなかったことが心残りです」とおっしゃった。私は語気を強めて「それが何よりの最高の応援なのですよ」と言っていた。

私は妻を二十年前に失っているが、家族が川柳の世界に介入しなかったことが、私にとって最高の力になっていたと申し上げた。

奥さんが最後にポツリとつぶやいた「もう少し私に甘えて欲しかった」の言葉は、私の川柳生活と重なって、私に重くのしかかった。

私は心から「ご苦労さまでした」と、遺影と奥さんに申し上げて再び小樽に向かった。

小樽の大会でこの奥さんのことばを一部使わせていただき、私としては満足のトークができたと思っている。


一本の鉛筆があったとき、私は何と書くだろうか。その言葉を大切にこれから求めていきたいと思う。

いま、プーンと木の香りが私を囲んでくれている。

自分への負荷

ことしの八月は、北京オリンピックで日本中が盛り上がった。

毎回そうであるが、選手たちの喜びの声が話題となる。ときにはその年の流行語大賞候補にあげられる。

今回も多くの選手が言っていた。

「楽しむことができたから勝てた」。

勝ったから楽しかったのではない。楽しくやれたから勝ったというのだ。

この「楽しむ」という言葉の内容についてはよく分析してかからないといけないと思う。

彼らや、彼女たちにはオリンピックからオリンピックまでの四年間の過ごし方があった上での「楽しむ」であることを忘れてはならない。

あの北島康介選手さえも百メートル平泳ぎの世界記録で優勝のときには言葉をつまらせた。彼なりの孤独の闘いの中からの結果なればこそ「すみません、なんも言えない。アーアー」の言葉が出たのであろう。

平井コーチの「やるべきときにやる男だ」にも感動した。

平泳ぎ二百メートルの金メダルを手にしての「二つの金メダルには、一つ目がなければ二つ目はない」。こんな当り前のことばが人をうならせるのはなぜだろう。

「オリンピックは自分の中のすべてだから、がんばれた」もなんとも重い言葉である。

自分にしか分からない無言の実行の世界があるから言えるのだ。


八月と言えば、私にとって忘れられない楽しみがある。それは新潟民謡流しと新津松坂流しである。

私は毎年必ずといっていいほどどこの両方の見物に出かける。どんなに忙しくても、自然と足がそちらへ向いてしまう。

とくに新潟民謡流しには格別の思いがある。まだ企業が先頭にたって参加する以前のことである。その頃、私は北越製紙民謡部長で踊りの好きな女性たちを集めて楽しんでいた。

全国三大民謡流しのひとつと言われていたこの計画にも、小さな同好会として参加したものである。みんなで自分の体に合う浴衣を自費で作り、あみ傘や草履を買い求め数ヵ月も前から特訓を受けて参加した。参加資金を会社の上司にお願いし、用意はすべて自弁だった。そして楽しかった。この時代の〝楽しさ〟と〝喜び〟は今でも私の体の中に流れている。

今では企業の宣伝合戦と化し、派手なプラカードや燈籠を前面に出し、参加人数で勝負している踊りを見ながら、私は手造りの小集団で喜びの汗を流したその頃と重ねてひとつの感慨にひたる。今ではその時間が私の宝ものになっている。

みんな民謡が好きな人だけだった。そして踊る喜び、踊る生き甲斐がそこにあった。喜びというものは自分しか分からぬ、自分だけのものでいいのだなあとしみじみと思う。

さて、今、私は第五回大野風柳賞作品と相対している。この賞は三十四回つづけた川上三太郎賞から引き継いだ賞で平成十六年からスタートした賞である。

いま、川柳界には一番大切な作品賞がほとんどない。

残念ながら(社)全日本川柳協会の大会賞も、何人かの合意や話し合いによって決められている。確かに一人で決めるより、多くの人たちで決めるのは公平であるかも知れない。

しかし、もともと作品というものは一人の指導者が見て決めるものであろう。その一人の選者になるということは大変なことで、あの選者ならば体ごとぶっつけて参加する——これが本来のあり方である。誰でもいいから入選すればいいというものではない。

私があえて大野風柳賞を設置したのは、私が求める川柳を鮮明にしたかったからである。いや、鮮明にしなければならないと思ったからである。

選者と作者（投句者）の一対一の勝負でなければならないものなのだ。しかも、あえて私は記名選を採用した。つまり作者と作品をひとつにして句を鑑賞したかった。

実は川上三太郎賞の場合は、最初（昭和四十五年）は審査員を四、五名連記した。それ以後数名の審査員でやって来た。後半は時実新子と私との二人で担当したが、二人が自己を打ち出せば出すほど二人の開きは大きく、それをよく理解していた時実新子は自分から辞退して、私一人の審査による川上三太郎賞が二回ほどつづき、あとは大野風柳賞に変わったのである。

しかも時実新子との共選の最後には、記名選、つまり作者を付けて作品を審査することまでやった。

作者を知れば選句に影響するはずだという風潮を破ったのである。選者も人間である以上、作者に左右されない選句は実に難しい。でも私はあえて時実新子とやってみた。それはひとつの冒険であった。大会でやっている課題吟ではないのだ。投句参加するひとりひとりの作品(雑詠)が相手なのだ。

作者あっての作品をこれからの川柳界の中で実現したかったのである。

私はここ数日間、正座して参加作品とその作家と対面している。大野風柳賞の審査は作家との出会いであり、その人の作品との対面でもある。これ以上私自身の鍛錬の場は無いと思っている。自分への負荷は一生続くであろう。

川柳が好きになる

2008-11 No.90

清原和博の引退試合は私にとってひとつの教訓であった。

私は読売新聞の越路時事川柳欄を担当して、来年が五十五周年に当たる。長い間やっているうちに、いつの間にか私の背中に読売の旗が縫いつけられてしまった。

それもあるが、私は元々読売巨人軍のファンでもあった。

清原選手が巨人軍に移籍したときも、彼の凄さはあまり知らなかった。プロレスラー級の体格と、大きなスウィングをすることくらいで、その後オリックスに移ってもあまり注目はしていなかった。

ところがこの引退試合や、その後のテレビ特集番組を見て、改めて彼の人間的な偉大さを知った。

〝記録よりも記憶〟に残る選手を目指しつづけた数々の事実を知って大きな感動を受けた。

「大観衆のあの拍手を貰いたくてガンバッタ」という言葉が実にすんなりと私に伝わって来た。

サヨナラホームラン、サヨナラ安打、死球そして三振、すべてが日本一だったという、この小気味よさがなんとも言えないではないか。

王監督（その直後これまた引退試合で惜しまれた）の花束を受け、「生まれ変わったら同じ球団でホームランを競い合おう」という言葉も、清原選手がドラフト会議で王監督に指名されず悔し涙を流したことがあるだけに、温かい涙で受け止めたに違いない。

清原和博は打率とかホームラン数とか試合に勝つとかを超越して〝野球大好き〟であったようにさえ思えてならない。

怪我を乗り越えて、再びバットが振れる喜びを、そして懸命に走る彼の姿に私は一種のジェラシーを感じた。

プロ野球選手は〝勝つ〟ということが第一の使命だと思う。しかし〝野球が好きだ〟ということはむしろ原点ではあるまいか――とフッと思った。

私も「柳都」と共に歩いて六十年、いま私の心の底に〝川柳が好きだ〟があったればこそだと思う。

清原選手の引退試合は大きなこの頷きを私に与えてくれた。

私はいくつかの川柳欄を受け持っている。その中でも異色のものとして「中小企業家同友会」の川柳欄がある。

スタートしてから五、六年になるが、中小企業の社長さんが作った川柳というので最初は〝社長川柳〟としてマスコミでも取り上げられたこともあった。今では働く人たち、それを管理する人たちの川柳も加わった。

表現も幼稚、着想もわるいミーハー族のレベル、添削もできないまま掲載してきた。つづけているうちに私自身がそちらに引っぱられてしまい、今ではむしろ新しい川柳の魅力のようになっている。

何故だろう。それは正直に〝ホンネ〟を打ち出しているからだと気付いた。働く人のホンネ、管理する人のホンネ、中小企業そのもののホンネが表現されているから川柳として生きているのだ。

私は昔から川柳はホンネの文芸だと言いつづけてきた。つまりありきたりのカッコよさではなく、ありのままをさらけ出す新しい川柳の息吹を感じたのである。

文芸の恰好よさをかなぐり捨てた、このホンネの世界がこの中小企業家同友会の川柳に育っているのだ。

そして、最近とんでもない企画が持ち込まれたのである。それは今年の秋の〝中小企業経営フォーラム二〇〇八〟の分科会に、川柳を取り上げてくれたのである。

そのスローガンは次のように発表された。

「柔軟な発想で会社が蘇る——心を学ぶ川柳教室」

更に「人間性を探る」と題してこう書かれている。

〝全国各地で地域おこし、町おこしで川柳を募集する市町村や団体、企業が確実に増えている。

五・七・五のたった十七文字の文芸に詠む人の喜・怒・哀・楽が表現され、人々の共感を呼び、癒される。

川柳の遊び心が会社活性化の「バネ」になる。そんな川柳の真髄を学ぼう〟

私にとってこんなありがたいことはない。これは事務局で作った文章である。
五、六年間のボランティア的川柳からこのような檄が出るとは予想もしなかった。
事務局のAさんは打合わせ会の別れ際に私の耳もとで囁いてくれた。

「他の五分科会よりも一番希望者が多くなるのではないかと、頭をかかえています」と。

川柳の社会進出は、小さな恰好いい川柳に閉じ込もっていては実現しない。勇気を持ってやることだ。「川柳は人間を詠む」というすばらしい文芸だからこそ、秋の十一月十二日に新潟県民会館、白山会館、りゅーとぴあの三会場で開かれるこのフォーラムで私はがんばる。

ますます私は〝川柳が好き〟になっていくであろう。

感謝‼

2008-12　No.91

引退しても走る

このところ各界で引退を発表する人が多いが、その中のひとりであるQちゃんこと高橋尚子選手のことばが強く残っている。

ことばというのはすべてを憶えておく必要はない。多く語っている中で一点だけ自分にとって強烈なところを私は大事にしている。

それはQちゃんの「引退しても走る」ということばである。

もともと高橋選手のことばは、実に歯切れがいい。切れ味もいい。無駄がなくポイントを捉えている。飾ってもいない。だから実に分かりやすい。難しいことばも無く、他人のことばを利用しない。

この話し方に似ている人がもう一人いる。それは柔道の谷亮子選手である。彼女も声の質が似ているというか実に爽やかである。

たとえ悲しい内容でも明るく伝わってくる。共に自分の気持ちを正直に表現している。

Qちゃんは小出監督から離れ、チームQをわずか四人で結成した。

引退のときもこのことに触れ、わずか四人でもチームというむずかしさを正直に語っていた。

マラソンという世界の中でもチームワークの尊さを知ったと言う。

話を戻そう。

「引退しても走る」。このことばの中に実に大切な人生哲学が込められている。

この「走る」こと自体が凄いのだ。

私は彼女のことばを聞いていて、各界からトークや講演依頼が殺到するのではないかと直感した。この「引退しても走る」を全国に話し回って欲しいと思う。「走る」ということが彼女にとって何か。あの両手を小さく左右に振りながら走る彼女の心中を語って欲しい。

私たちの川柳に於ても同じである。「川柳を作る」「川柳を書く」この段階で何があるかを私は探り続けていきたい。

十月十二日に奈良市の〝なら一〇〇年会館〟で番傘川柳本社創立一〇〇年記念全国川柳大会が開かれた。参加者一〇三三名という大記録を樹立した。

私は参加者が多いからだけでよいとは思っていない。しかしこの一〇三三名という数は驚きである。番傘川柳本社の底力を見せつけてくれた。

選者も全国各地から選び、幸せにも私もその中に加えていただいたが、その背景には昭和時代の川柳六大家の顔と流れがあったと言ってよい。

六大家はすでに過去の人ではあるが、そのひとりひとりの川柳の志を継いでいる作家が健在だと思った。

それだけにいま改めて六大家を見直せという風を私は感じた。激動の昭和の時代を駆け抜け、そして川柳の全盛期を創り上げた六大家の川柳作品はもちろん、川柳への情熱をいまの川柳界に引き戻してみることが大切だと思う。六大家の先生と直接お会いをし、その舌端に触れた感動を私は書き残していきたい。

さて、番傘の大会の壇上で私は「柳都」を発行する前の、つまり十代の頃の自分に触れた。それは別府番傘川柳会に入り、その会の指導者内藤凡柳に学んだことだった。

大会後の懇親会の半ばで突然ひとりの男性から「私たちのグループにぜひぜひ来てください」と腕を組まれ、まさに拉致されたように連れられていった。そこには別府番傘の人たちや大分県番傘川柳連合会の人たちが待っていた。

私は子どものように嬉しかった。皆さんは私が別府番傘から川柳を始めたことを「誇りに思います」と言ってくださった。

十代と言えばまだまだ学生である。親から小遣いを貰い、その中から会費を払って入会、内藤凡柳選で一句か二句の入選を毎月待ちつづけた私になり切っていた。

こんな出会いのチャンスを与えてくれた番傘百年の記念大会に感謝いっぱいである。

一度は内藤凡柳先生の句碑の前で手を合わせてお礼を申し上げたいと思っている。


そして、私も走りつづけたい。

2009-01 No.92

新年に当たって

毎年十二月に開かれる三十人三十一脚全国大会のテレビ放映を、私はいつも欠かさず見るようにしている。

たかが五十メートルを三十人が三十一脚で走るだけのものなのだが、そこには喜怒哀楽のドラマが存在する。

今回は最終決勝戦の最後の組の結果で長崎県の島原市立三会小学校が優勝した。

一年をかけて練習を重ね、指導の先生と走る三十人の小学生とが思いをひとつにしての勝負は、それを見る人に何かを訴えているかのように見える。

敗れて流す涙も、勝って流す涙も実にすがすがしい。ふと、私にはこの両方の涙は悔しいとか、嬉しいとか結果だけのものではないように思えた。

惜しくも敗れたチームの先生はこんな言葉を子どもたちに掛ける。「カッコよかったよ。ありがとう」「先生は素敵な宝ものを君たちからいただいた」「さあ、みんなで帰ろうか。帰るところがあるもんな」など言いながら涙を流して笑っているのだ。

私は教える側、教わる側に共通する満足に似た思いがあるところにこそ、真の教育が生まれるように思う。

三十人が走るゴールに「さあ、来い！」とばかり両手を大きく広げる先生、それに向かってひた走る子どもたち、実に美しい光景であった。

厳しさを乗り越えたこの融合に、私は涙を流した。

○

ある日、ふっとテレビのチャンネルを変えたら、みのもんたの顔が現われ「トイレ川柳」の発表を報じていた。

いま、公募川柳という名称で、スポンサー付きの川柳が全国で募集されている。そこでこの「トイレ川柳」の入選句の中から次の句が取り上げられた。《紙尽きて　ひとり》である。これはまさに《咳をしても一人》という俳句の本歌取りと言えるが、私はこの《紙尽きて　ひとり》の凄さに参った。ここまで凝縮して「トイレ川柳」を作った作者に大きな拍手を贈りたい。

そして最優秀作品が発表された。それがなんと《コンコンコン　トントントントン　ドンドンドン！》であった。トイレのノックの音を並べて、徐々に待ち切れない心理を表現している。

私はこの種の川柳を野放図に許すことは出来ないが、この大胆不敵な表現は認めていいと思う。

私が書いているこの欄は「現代川柳時評」となっている。この表現自体に曖昧さがある。それは「現代川柳」という表現だ。「現代」という意味である。いかなる川柳が現代で、いかなる川柳が現代でないのかがはっきりしていない。そして使う理由は現代と付ければなんとなく新鮮なイメージを与えるからであろう。この問題はいずれ取り上げてみたいと思うが、いまの時代にふさわしい川柳の感覚から言って、「コンコンコン」の句は認められないとすぐに切り捨てていいのだろうか――という疑問がある。だからあえてこの句を取り上げたのだ。

今の時代の川柳界には、こうした問題提起さえなくなったことがむしろ問題だと思う。

私は実は、昨年から「いい夫婦の日」をすすめる会が主催する「いい夫婦　川柳コンテスト」の審査に当たっている。毎年の十一月二十二日(いい夫婦)の日に、理想のカップル「パートナー・オブ・ザ・イヤー」の受賞と、この川柳コンテストの発表がなされているが、昨年は一二七三〇句が集まり、主催者メンバーと私とで審査に当たった。そのメンバーとはコピーライターや事務局の人たちで、その中には若い女性も加わり活発な討論が行なわれた。更にスポンサー側の意見も加えて大賞ほか十数句を決めたのである。東京銀座の朝日広告社内で五時間以上かけて議論を戦わせた。私は川柳家として最初に次のような発言をした。

「いい夫婦とはこういう夫婦だ、と結果を詠んではつまらない。そして教訓的になってもいけない。むしろ平凡な夫婦をそのまま表現してそこから『いい夫婦だなあ』と伝えるような句。夫婦間の小さな憎しみや反抗を大事にして、自然の日常生活でふっと見つけた一面を表現した句。いい夫婦というより、おもしろい夫婦を詠みながらそこにいい夫婦を発見する、そんな思いで選んだ。夫婦円満だけでは川柳としてはつまらない」と。

そして私は次の作品を推薦した。

あら不思議ドックの時は仲がいい
みそ汁を飲んで夫がうなずいた
僕たちをほらオシドリが真似してる
車椅子押して夫の重さ知り
何ごともなく過ぎてゆく夫婦の日
医者よりも看護師よりもあなたの手
妻に聞くこれは醤油をかけるのか
あなたより三歩少ない万歩計

川柳の専門家が選んだ川柳と、川柳家以外の人たちが推薦する川柳にはまだまだ大きな開きがある。だからと言って川柳家以外の人は駄目だとは言えない。まだまだ川柳家とそれ以外の人たちの間には、作品の評価に大きな開きがある——ということを知っておくべきである。そしてその開きを縮めていく時間を作るということ。

つまり公募川柳から私たち川柳家が取り入れられる要素に気付くべきである、ということだ。焦っては失敗する。私たち川柳家ももっと外の人たちの川柳観を冷静に聞く余裕を持つべきであろう。

いま、寺田寅彦のことばを思い出してみよう。

「一般絵画に対する漫画の位置は、文学に対する落語、俳句に対する川柳のそれに似たところがないでもないと思われる」。

現代川柳への一矢として、私は受け止めたい。

2009-02 No.93

本音のことば　本音のにんげん

最近、ふっと二十年以上も前に企業コンサルタントとして活動したことを思い出す。

私は何ひとつ公的な資格をもっていなかった。持とうとしなかった。資格があるとすれば川柳家というお墨付きがあるとひっそりと心に秘めていた。

無冠という誇りもあったと思う。新潟県内各地を回って初対面の経営者にいつもこのようなことを申し上げて来た。

「私は正直いってあなたの職種については全くの素人です。いろいろなご相談はできますが、決定し実行するのはあなたです。私は残念ながら第三者なのです。あなたの会社が倒産しても、私には被害はありません。あなたの会社はあなたが守らなければなりません。ただ私は本音で話しますから、あなたも本音で語ってください。」と。

どんなに小さな企業でも、そこには歴史がある。独自の風土がある。そして文化がある。それをあなたが一番知っている。これらを本音で語り合いたいと訴えてきた。

一般的な常識からすればコンサルタントも同じ経営の責任を持つべきだと言われそうだが、それはコンサルタントにとって重すぎる要求だと――私は長い経験の中から思い込んでいた。要は、トップの人がもっと自分の責任で泥をかぶる覚悟を持つことだと信じていたのである。

そこで、本音のことばの交流をずうっと重視してきた。

ここまでは、とんでもない現代川柳時評と思われるかも知れない。今回は、この「本音」が川柳のすべてだということに触れてみたいと思う。

〝本音に嘘はない〟これが私の人生訓でもある。

ずうっと前にこんな話を聞いた。

ある小学校の先生がいた。女の先生で子どもたちに囲まれ、いつも明るく楽しくこころの教育をして万全の先生だったという。ところがある日突然聴力を失ってしまった。つまり子どもの声が入って来ないのである。突然子どもの声が消えた。

この一方通行の状態ではとても教育者として役に立たないと悟り、辞表を出した。

学校は受け入れてくれたが子どもたちは納得できない。

「先生、ボクたちは伝えたいことをいつでも、どこでも紙に書いて出しますから、辞めないでください」と先生を取り囲んで放さなかったという。

彼女は意を決して再び教壇に上がった。講義のときも、放課後も子どもたちは先生に告げたいことを紙に書いて渡したという。

しばらくはコミュニケーションがうまく続いていたが、先生はある日ふっとあることに気付いた。

それは、書かれた紙の中には「本音」が全く出てこないこと。つまり子どもたちは伝えることを書くだけだった。子どもたちの「つぶやき」が出ていないということだった。伝えられることではなく、子どもたちの「本音」を聞く、「つぶやき」に耳を傾けることができないようでは、やはり教師の責任が果たせないと思った。

そして教壇を降りたという。

私はこの話を聞いて、「つぶやき」の重さを知った。そして川柳は「本音」の文芸だと気付いた。

そしてこの「本音」を川柳で表現をすることに努めてきた。大上段に刀をふり回すことを止めて「つぶやき」を大切にしてきた。「本音」は人を動かす力があると信じた。

このたび新葉館ブックスとして「岸本水府の川柳と詩想」が出版された。むしろ遅きに失した感もあるが、昨年が番傘の百年という記念すべき年でもあり、今川乱魚・大野風太郎の監修で完成した。

私も番傘出身という縁もあり、この出版には心から喜びの拍手を送りたいと思う。

今回この書を拝見して思い出が続々と浮かんできた。

岸本水府との初対面は昭和三十年九月二十三日、初代柄井川柳句碑が浅草龍宝寺境内に再建された記念すべき日であった。

そのとき私は二十七歳であったが、こんな若造にもかかわらず先生は満面の笑みをたたえてことばをかけてくださった。

その後、昭和三十七年四月一日の平安川柳社五周年大会で再びお目にかかり、その年の六月に新潟へお招きし大会で講演をお願いした。更に二年後(昭和三十九年五月)の大会に選者としてお招きした、川上三太郎・白石朝太郎との豪華な顔ぶれも忘れられない。

岸本水府は昭和四十年五月十三日に、大阪城東病院に入院され、八月六日に胃がんにより逝去された。

私はその入院中に一度、岸本水府を見舞っている。事前連絡しての上阪だった。きちんとベッドの上に上半身をおこしてお待ちいただいた。今回のブックスに掲載されている、

見舞客へまともに見えた足のうら　　岸本　水府

のような「足のうら」は拝見できなかったが、少々やつれ気味の顔には満面の笑みを浮かべ

ておられた。

話が新潟の大会のことに触れ、市内見物のときの浜焼きの魚を買って新聞紙にくるませ、そのぬくさを頬にあてて喜ばれたことなどを話した。川柳手帳には佐渡に帰る本間美千子らとの別れの佐渡汽船のテープの切れ端や、北陸線の富山駅の駅弁の表の紙まで丁寧に貼られていた。自分のために思い出を大切にされる人だった。

驚いたのは見舞客の署名簿で、その名前の上には番号がふられてあり、私も署名したとき先生は「風柳クン、惜しいなあ。もう少し遅く来れば日の丸の旗をあげられたのに」とおっしゃった。百番毎に先生が名前の上に小さな日の丸の旗を画かれていたのである。

この子どものような仕草に私は改めて岸本水府という人物の一面を知らされた。番傘の大会や句会で、作品の格付けと、賞品をガンとしてやらなかった先生のひとつの賞品がこんなところにあったのだ。

見舞客をよろこばすには、まず自分が喜ぶことが大切だと言うようにその笑顔は美しかった。

こんな指導者になりたいと思った。この心の持ち主こそが大番傘をまとめ、君臨して来た指導者であったのだ。

私は無形の大きな大きな教訓を心に抱いて病院を去った。つい昨日のようなことのように思える。

先生は八月六日にその病院でお亡くなりになられた。

まさに「本音」を〝ことば〟に、そして〝行動〟に示され貫いた人間岸本水府が、いま私の体の中に生きている。

ありがたいことである。

頑固な川柳家よ、出《い》でよ

2009-03　No.94

昔から〝頑固〟ということばがいろいろな意味で使われている。

「あの人は頑固で手に負えない」とか「あの頑固おやじ」とか、ときには「あの人の頑固さには降参したよ」のように、いい意味にも用いられている。

そもそも組織の上に登りつめた人というのは百パーセント頑固と見てよい。その頑固さというのは自分の信念とか思想とか、あるいは哲学からその頑固が生まれてくる。自分にとって絶対的なものを持っているからである。

まわりの人の意見を聞く、またそれを取り入れてやる、これが民主的な管理だとも言われたこともあった。それは表面的なことで、聞く姿勢の大切さのことを言っている。

何事においても行動、実行がすべてを深める。その実行にはその人なりの頑固さがなければうまく進まないものである。

私は川柳界の中においても、数多くの頑固な人を見てきた。一番最初に浮かんでくる人がいる。それは石原青龍刀である。昭和二十二、三年頃、氏は〝川柳非詩論〟を提唱した。

川柳は詩でない――詩であってはならないと言ったのである。戦後間もない文芸はすべて詩を目指し、詩であることを謳歌し合った頃である。

当時は漫画川柳とか、くすぐり川柳とかが一般に喜ばれ、ほんの少人数の文芸川柳を称える人たちは、やっきになって川柳は詩でなければならないと叫んでいた頃だった。

私も昭和二十三年に「柳都」の旗を立ちあげたが、なにがなんでも川柳は文芸だ。だから詩でなければいかんと力んでいた。川柳の本質を考えず表面的な形だけを追っていた。

昭和二十六年四月、私は上京して銀座にあった文藝春秋社（当時）の玄関番の仕事をしていた石原青龍刀を訪ねた。

実は「柳都」誌上に掲載された石原青龍刀の非詩論への反発を直接本人にぶっつけたかったのである。

氏は快く迎えてくれ、数時間語り合うことが出来た。あの強烈な文章から想像した印象は全くなく、「よくぞ来てくれた」と笑顔で迎えてくれたのである。当時二十三歳の私がどのように見えたのか分からぬが、それからは私にとって大切な川柳家となり、氏は私を全面的に応援してくれた。

別れる際に「これからもいまの元気で活躍してくれよ」と肩をポンと叩いてくれた。

年齢の違い、キャリアの違い、知識の違いよりも、情熱を持つ若者への温かいエールだった。

人は会って話をしなければ分からないということを心底から悟った。

最後まで非詩論を叫びつづけて、青龍刀は昭和五十五年九月四日に亡くなられた。いま考えてみると、「諷刺文学としての川柳、世界無比の非詩文学としての川柳の前途は大きい」とこれを一途に守り抜いたのも、ひとつの頑固であり、氏の真意は無気力な川柳界への貴重な警鐘だったのである。

そしてこんなことばを残している。

「諷刺とウガチだけで、現代川柳が新しき世代の人材を吸収するにたる魅力を持ち得るかどうか。広く天下同憂の士の協力研究に待たねばならぬと思う」と。

川柳非詩論は、新しい川柳を考える活動家を呼んでいたのだ。

さて、いまの川柳界に目を転じてみよう。あまりにも頑固な川柳家が少ない。ほとんど皆無と言ってよかろう。

六大家と言われた指導者も六名とも違った頑固さを持っていた。だから魅力もあった。

まして現在、公募川柳と称する川柳が蔓延し、莫大な賞金がちらつく。誰でもが川柳を作り、誰でもが審査員になれる現状にどう対処すべきか。

いまこそ頑固な川柳家が求められているのではなかろうか。頑固グループの到来が望まれている。

大野風柳の川柳観

2009-04 No.95

私が「川柳マガジン」の現代川柳時評を書きはじめてから八年になろうとしている。果たして時評にふさわしいかどうかという疑問と戦いながら、まず書いている本人の川柳観を常に打ち出すようにしてきた。

それは、今の川柳界への私の叫びとも言える。

今回は、第一号から四十四号までの中から、もう一度自分自身に問いかけながら断片的に抜き書きを試みた。読者の皆さんと一緒に考えてみたいからである。

※(前略)そんなとき、なぜか吉川英治の『川柳常識読本』に書かれてある一文を思い出した。

「川柳全体を芸術、非芸術であると云々するのはナンセンスで、一句一句が勝負であり、一句の芸術性の検討が肝要である」。

これは大正時代の言葉なのだ。

すべて一句が決める――この厳しさがいまの川柳界に見当らない。
自分が生み落とした作品をまずその本人が大事に扱うべきであろう。（二〇〇一・六）

※四十代の後半に、新潟大学の梅沢正教授との出会いがあった。梅沢さんも常に人間を中心に置き、いろいろな学説を発表した。そのひとつに『組織開発』があった。
そして生まれた言葉が〝ひとりひとりの顔が見える集団〟である。

そこにいる人、ひとりひとりの顔が見える集団。指導者や代表の顔に隠れてしまわない集団のことである。みんな同じ人間じゃないか。ひとりひとりを主役にしよう。そんな願いを込めた説である。

私は大きな拍手を送り、共にこの思想を全国に広めていった。（二〇〇一・八）

※川柳というものを考えてみると、短歌や俳句と横並びする方が無理を感じる。いや、その方が川柳を駄目にしてしまわないだろうか。
形だけの横並びよりも、むしろ違った〝島〟として川柳を置いてみたらどうだろう。つま

り、短歌や俳句から引き離すことである。そして、その位置が高いとか、低いとか言うのではなく、川柳そのものの存在感、存在意識を考えてみてはどうだろう。（二〇〇一・一〇）

※淀川長治は一九九七年十一月十一日に八十九歳で亡くなった。失礼だがあの高齢で「明日死ぬかも知れない、今日を大事に」「明後日すばらしい映画が出るかと思うと明日も死ねない」と言いつづけていた。映画を心から愛し、心から楽しんだ人生はすばらしいと思う。私たちも、川柳を楽しむことをもう一度原点から見直してみたいと思う。（二〇〇一・十二）

※私たち川柳家が、川柳が持つ強みを確認すべきである。誰もが川柳を作れることのできる凄さを、川柳家自身がそれを弱さとして考えていないだろうか。
川柳界にはいろいろな川柳があってよいのだ。詩性川柳もいい、時事川柳もいい、社会へ大いにアピールして欲しい。サラリーマン川柳もいい、大いにサラリーマンの心情を詠んで欲しい。誰にでも分かる川柳も大切、ただその根底には詩心（うたごころ）を理解する感性を持っていなければならない。（二〇〇二・一）

※にんげんドキュメント（ＮＨＫテレビ）で長岡輝子の〝裸の心を声にして〟を観た。六十四歳から朗読活動に入り、九十四歳になっても母校の文化学院で、若い男女と朗読を楽しんでいる姿に心打たれた。

「今日、本を持ってきて読む方は手を挙げて」。その数が多いときの彼女の喜びようは大変なものがある。

「あーら、うれしいわ、ありがとう」と喜びを全身で表す。

聞いていてふっと彼女がつぶやいた。

「あなたの句読点で読んでごらん」つづいて「つぶやきでいいのよ」。

「どれ、わたくしが読んでみましょうか。私なら、こんなふうに読んだけど…」。

決して「こんなふうに読んでごらん」とは言っていない。（二〇〇二・四）

※俵万智の『サラダ記念日』が話題となっている。あとがきで彼女は「おっちょこちょいで泣き虫で、なんにでもびっくりしてしまう。なんてことない二十四歳。なんてことない俵万智。なんてことない毎日のなかから、一首でもいい歌をつくっていきたい。それはすなわち、一生

懸命生きていきたいということだ」と書いている。周りももうすこしそうっとしてやって、この気持をいつまでも持てる俵万智であって欲しい——とそう私は思う。（二〇〇三・三）

※先日も映画『戦場のピアニスト』のエイドリアン・ブロディが、主演男優賞を受賞したときの言葉「親友が今クウェートで戦っています。無事帰れるよう早く戦争が終わって欲しい」が、会場いっぱいの拍手を浴びたという。他の受賞者が同じ戦争反対を唱えたとき、大きなブーイングを浴びているのだ。この違いを川柳家の立場で分析してみたいと思う。（二〇〇三・五）

※私は先日、あるところで「ダメな川柳」を語った。ダメな川柳とは何だろう。結論は「あなたがそこにいない川柳」と言える。作者不在の川柳こそダメな川柳なのである。国や、県や、地域や、町や、家庭に文化があると同じように、一人ひとりにも文化があることを確かめ、川柳と取り組んでいかねばならない。（二〇〇三・十一）

※いま、私はいろんなところで〝違いの分かる人〟を説いている。今月は新春号だから、お屠蘇に少し顔を赤らめながら、私はときどき一人で楽しんでいることがあることを告白しよ

う。それは、名前を上げて失礼かと思うが、私と尾藤三柳さん、私と時実新子さん、私と橘高薫風さん、私と斎藤大雄さん、私と…、私と…を考えるのである。もちろん私が持っていないもの、私がとてもかなわないもの、つまり私との違いを考える時間を楽しむのである。

これは勝ったとか、負けたとかではなく、違いとして捉えることである。さらに人物だけでなく、川柳社として「柳都」と他吟社との違いもまた大切なことである。これらの違いを究明していくのが、これからの私の仕事なのかも知れない。（二〇〇四・一）

※「イチローは見せる完成品だ」とある人は讃えた。意味深い言葉である。

いま、彼の顔をテレビで見て、爽やかないい顔だなあとしみじみ思う。あのポーカーフェイスがいいのだ。ある漫画家が「イチローの顔の変わりようがおもしろい。普通は年と共に深みが増してくるのだが、彼の場合はいろいろと無駄なものがソギ落とされた顔」と言っていた。勝負に強い人は強い顔になる――と言われた時代は過去のものなのかも知れない。いまや普通の人、普通の表情の中にホンモノがある時代と言ってよいのではなかろうか。

（二〇〇四・十二）

第五章　新しい自分との出合い

二つの話題

2009-05　No.96

昨年の十二月に入って間もなく、西宮市の奥田みつ子さんから〝あるがまま・あるがままに〟という二〇〇九年川柳カレンダーをいただいた。

むらさき色の冊子であり開いてカレンダーになるものである。

その表紙内側には、

「日仏交流一五〇周年を記念して、日本からフランスの皆様へ友好の気持ちを込めて制作しました。日本の川柳が、書、木彫人形とコラボレーションしたカレンダーです。新しい一年、日本文化の粋を、ぜひご自宅でお楽しみください」とあり、更に、

「川柳とは、十七音字無季の短詩。江戸中期頃から口語詩として流行。人情、世態、風俗を鋭くとらえ、滑稽、風刺、機知などを特色とする。特に現代川柳は人情の機微・社会風刺・自己夢などを幅広い視野で自由に作句する」とあり、すべてフランス語と日本語で書かれてあった。

また著者の紹介として

○芹川英子／木刻人形作家、人間国宝平田郷陽に師事。日本工芸会正会員特待者・桐彩会主宰。紫綬褒章、勲四等宝冠章受章。

○垣木香舟／書道家。日展会友・読売書法会理事・謙慎書道会常任理事・書道笹波会相談役。

○奥田みつ子／川柳作家。川柳塔社相談役・(社)全日本川柳協会常任幹事・朝日カルチャーセンター通信添削教室講師・著書「白い梅」「遠き人へ」ほか。

○人形撮影／阿部棟也・高橋敬とあった。

川柳も、書も、木彫人形もそれぞれのプロが分担して作られたからこそ、その価値は大きい。人形の写真もすばらしくまさに〝日仏交流〟にふさわしい日本文化そのままのカレンダーである。

カレンダーと共に入っていた私宛の奥田みつ子さんの私信を紹介させていただこう。

「この度、おこがましくも川柳カレンダーを出版しましたのは、恩師橘高薫風先生が逝去されました平成十七年から、東京の出版社からいろいろな話を持ちかけられました。

何かしら薫風先生が〝みつ子も少し力を貸して川柳さんへ恩返しをするように〟とおっしゃっているような気がしました。

このカレンダーも路郎先生が心血を注がれた川柳の社会化の万分の一でもお伝い出来たらとおこがましいことを考えて出版させて頂きました」とあった。

本当にすばらしい行動である。上質アート紙だけに人形の色彩、さらに書家の流れるような文字、加えて奥田みつ子さんの詩情豊かな川柳とが、ひとつになって観る人読む人の心をあたためてくれる。

色紙に書かれた文字の配置や、かな文字の美しさに私は貴重な勉強をすることができた。書とか絵とかは専門の方々にお任せすることの大切さも教えていただいた。

みつ子さんのお手紙に満ち満ちている師・麻生路郎・橘高薫風への思いも心打たれたひとつである。

とくに「川柳さんへの恩返し」とは薫風さんらしい表現である。私も早速「川柳さんへの恩返し」をいろいろと考えようと思う。

―奥田みつ子川柳作品―

初鏡まだまだ翔べる自己暗示
スタートは今遅すぎるはずはない
あるがままあるがままにと竹は伸び
思いやりの風を待ってる風鈴と
残照見事生きるべし笑うべし
思い出があちこちにあり街暮れる

○

いま、都道府県の知事がおもしろい―と思う。なぜか？　それは知事に元気があるからである。

この元気さが、いまの日本人に喜ばれ、期待の拍手を湧かせてくれるのだ。

さて、いまの川柳界が果たしておもしろいと言えるだろうか。決してそうは言えない。なぜだろう。

そこですぐ返ってくる言葉が高齢化、である。そんなことで逃げないで欲しい。

川柳界がおもしろくあって欲しいとみんなが望んでいるに違いない。しかし誰もはっきりと発言し、それを追求しようともしていない。

私も、知事に元気があるように、川柳界の指導者にもこの元気があればと思う。元気を出して欲しいと思う。

一番大切な各川柳社に元気がない。確かに高齢化による会員の減少と経費の増大で四苦八苦である。企業の倒産のように解散する川柳社も現われている。代表者も自分の大切な川柳社よりも、心と目が回りに向けられていないだろうか。

川柳界をおもしろくするためにまず代表者が元気を出すこと、そしてそのために問題点を語り合うことである。残念ながら現状では問題があっても誰も触れようとしていない。同じ問題を抱えている人同志で大いに議論をすることである。いわゆる議論というものがいまの川柳界で忘れられている。もっともっと一人で悩まずに大いに語り合う――そこから元気が生まれ、おもしろい川柳界が生まれてくる。真剣に考える集団をいまの川柳界が一番望んでいるのだ。

私も真剣に考えてみたい。

『わが書と水墨』との出会い

2009-06 No.97

久しぶりに書斎を整理することにした。大きな坐り机もモノが積まれていて、四〇〇字原稿用紙が一枚ようやく広げられるくらいのスペースしか空いていない。だから思い切っての大掃除である。数年ぶりに床にもスペースが空いて歩けるようになった。

そんな整理の中で隠れていた書斎から一冊の本が目に入った。榊莫山著の『わが書と水墨』である。扉に〝平成二年一月六日・六十二歳の誕生日に〟娘から贈られた、と書いてあった。

私にとって、書道は全くの未知で、色紙や半折を書いているうちに、少しは筆文字の遊び方を身につけることが出来た。

自分の作った川柳を書くのだから、何も書道の仕来たりに従わなくても自分の気持を込めて書けばいいいと思っている。

川柳家では岸本水府が生前によく個展を開いておられたが、私はむしろ岸本吟一の書に引かれていた。ウーンと唸るだけで、もう何も言えない感動を受けたものである。

さて、『わが書と水墨』の序文を、瀬戸内寂聴（作家）、緒形拳（俳優）、そして瀬木慎一（美術評論家）の三氏が書いている。

それぞれの書き出しのところだけを紹介してみよう。

―瀬戸内寂聴―榊莫山氏のひそかなファンであった私は、読売新聞紙上に載りはじめた莫山氏の「路傍の書」を愛読していた。写真も莫山氏というのを見て、一芸に秀でた人は何でも出来るのだなあと感心していた。写真だけではない。その短い文章が実にうまく、味があるのである。小説家の私が読んでこれは大したものだと脱帽するのだから、その文章は達意の名文なのである。

肩肘はらず、どこか飄々と書いて、しかもこまやかな神経がゆきとどき、時に辛辣で、時に飄逸である。汲めどもつきぬ味わいがあって、愉しい。

―緒形拳―みごとな書だ。かろやかに、はずんでいる。書のなかに榊莫山が、風に吹かれてすっーと立っている。

「母」「女」「土」と、まなこをこらしてゆくと、このかろやかさは凄い重さをくぐりぬけてきたにちがいないと思う。

著書を読むと、おもしろくて、やがて莫山先生のもつ重量感にギョッとたちすくむ。大樹の下の地の中のみえないところに、宇宙のようなひろがりをもった根っこを感じさせられる。

自分にもこんな芸風が吹いてくれたら、と思うのだが、これこそ月とスッポンで、先生の前で、その作品の前で、ただただ劣等感のかたまりでしかない。

ー瀬木慎一ー「墨に五彩あり」というのはよく知られた言葉であるが、榊莫山の自由闊達な仕事ぶりを見ていると、墨にはさらに五形があるのではないか。と思えてくる。

通常、墨が使われる場は書画である。発生的に言うならば、書であり、それから画に及んだ。

しかし、これはあくまでも歴史上の事柄であって、個々の制作者にはかかわりがない。書家のばあいで見ると、ほとんどすべての人がそこに留まっていて、外へ出ようという志向すら見えない。

逆に、画人の場合は、画賛をし、書画一体の作品を作る例はしばしばであり、独自の書作品を残している人も少くない。

画から書への道はひらけているが、逆は先例が極めて少い。


序文の書き出しの部分をそのまま転記させていただいた。

川柳の道を歩く者としても、心しておかねばならないことだらけである。

私は数年ぶりの大掃除によって改めて出会った。これらのことばにお礼を申し上げたい。

この書を手にした平成二年は、大腸癌の手術を二回受け、更に妻の急死の直後でもある。

四十八キロまで痩せ細った私に大きなパワーを与えてくれたことばであった。

いや、ことばだけでなく莫山先生の墨の彩りと、画の香りが、全く先が見えないどん底の私に希望の灯りを与えてくれたのである。

今月は川柳について何も触れない方がよさそうである。お許し願いたい。

ジュニア川柳への私見

2009-07 No.98

もう八年くらいになるが、毎年四月の末になると新潟市と隣接している聖籠町の中学校へ出かけ、新入生の一年生全員約二百名を二班に分けて川柳出前授業を行なっている。

これは私が指導している新柳会（会長・二宮秀三）が企画しているもので、私にとって貴重な仕事のひとつである。

ことしも四月二十八日に六十分授業を二回行なった。

最初の頃は時間の大半を使って川柳というものはこうだと詳細に説明をしたが、いまでは「五・七・五のリズムに乗せて、君たち一年生になってからの〝喜怒哀楽〟のひとつを川柳で表現しなさい」と言うだけで、あとは十五分の作句時間で一人二句を作句、そして集句を読み上げ感想を話し、最後に秀句三～五句を決めて色紙や短冊に書いて渡すことにしている。

付添えの教職員たちが驚くほど、子供たちはすぐに規定の二句を作ってしまう。

また、新柳会ではこの授業の他に毎年六月上旬に吟行会を開いている。最初の頃は近くの温泉を回ったものだが、いつしかこの聖籠中学校へ行くようになり、同じ課題を中学生と競うようになった。

事前に課題を出して、新柳会のメンバーと中学生が作った川柳を私が選句、作品を発表するようになった。

ことしの課題は「真っ白」で中学生の作品が約八百句、新柳会の作品が約百余句での対抗試合ということになる。

以下当日の発表句の中から秀句だけを取り上げて示してみよう。

―一年生の作品―

けしゴムはいつもまっくろがんばりや　乙　美穂

初授業白いノートに黒い字が　岡田　怜奈

黒い砂ハワイで見たら真っ白だ　内海　奏

黒い紙に白いペンで何を書く　相馬　沙奈

―二年生の作品―

何もない何も書かない白い紙　加藤　篤輝

白い心に自己流の色をつけようか　渡辺　脩
真っ白な色ほど染まる色は無し　佐久間健輔
かき氷白いままがおいしそう　高橋　華菜

—三年生の作品—

白色はすべての人にに合う色　渡辺　和也
真っ白なノートに書くよ自分の名　渡辺日向子
真っ白だきれいな右手お星さま　宮下　夏姫
美しい白馬の毛なみいやされる　濱田　愛乃

そこで新柳会の作品はというと、

—新柳会の作品—

白い服うそをついてはいけません　星井　五郎
千羽鶴真っ白い紙で折ってみる　斎藤フミ女
真っ白の紙に元気と書いて置く　斉藤　好江
一分を通して塩は真っ白に　細井与志子

うす墨入れて真っ白な雪を描く　　平井　音子
たたかいの無い真っ白な握り飯　　手嶋瑠美子
純白になろうなろうと熱帯魚　　夏井　誠治

平均年齢七十歳の新柳会の作品には人生の経験が詠まれている。手馴れた表現のうまさ、着想の発見など褒めればいくらでも褒めることもできる。

私はここで逆に中学生の作品に一種の妬みにも似たものを感じた。

そしてそれが〝ジュニア川柳〟の魅力だとも思った。

はじめて作った川柳には嘘はないのだ。また飾りもないのだ。思うまま感じたままを書く、ひたむきさ、そして本音の言葉がジュニアの川柳なのだと知った。

集まった作品の中には字余りもある。字足らずもあった。

驚いたことには次のような句もあった。

「空　ぜんたいが真っ白」とか「真っ白なテレビ」。更に「真白な金魚は白魚?・」などすべて一年生の作品である。

約束を守らないことはいけない。しかしこれらの短い言葉を味わってみると、すべて一所懸命に「真っ白」を表現している。

いま、私は子どもたちに何のために川柳を作らせているのだろうかとふっと思った。何の恐れもなくジュニア川柳を募集し、常連の川柳の先生たちがそれを選んでいる。そしてときには添削までする先生もいる。あまりにも大人の目でジュニア川柳を判断しすぎてはいないだろうか。

わたしたちが目標とする川柳に近づけすぎてはいないだろうか。そしてひとつの型に押し込めようとしてはいないか。

もっともっと自由な世界でこのジュニア川柳を考えてやることを忘れているように思う。もちろん川柳界の将来のためもある。しかし、それと同時に子どもたちの情操教育として、家族や友達の存在を自覚し合い、新しい自分の発見を忘れてはならない。

中学一年生になってランドセルから鞄に変わり、自転車通学が許され、放課後は部活で楽しむ、そのような自分の変化を自分で確かめ、そして自覚していく心を五・七・五で表現する川柳であって欲しい。

私たちはもう少しスパンを広げてこのジュニア川柳を扱っていくことを忘れていたように思う。

しばらくは、ジュニア川柳の指導に間隔をおいて眺めていきたいと思う。

みんなでこのことを議論してみる時期が来ている。

2009-08　No.99

違いを追求するとは

六月中旬に(株)文學の森『俳句界』編集長から一枚のアンケートをいただいた。

それは『俳句界』の九月号で〝俳句と川柳の境界線(仮題)を企画、同封はがきのアンケートに記入の上返事をいただきたい〟という内容だった。

そこには「俳句が川柳化している傾向、あるいは逆に、川柳が俳句化している傾向を批判する、という趣旨ではなく、俳句愛好者、川柳愛好者に読んでいただき、俳句、川柳の今後、あるいは自分にとっての俳句、川柳とはなんなのか、ということを考えていただければ、というものです」とあった。

そしてアンケートの内容は、記名にて『俳句界』九月号に掲載するとあり、俳人、川柳人それぞれ十五名程度を予定しているそうである。

私は、喜んで返事を出した。なお返信はがきには次の質問があった。

①先生が限りなく、〝俳句に近い〟と思われる川柳を一句。②その理由、あるいは〝川柳の俳句化〟について一言お書きください、とあった。

実は今年の第二十四回詩歌文学館賞贈賞式(北上市)でも、記念講演「山と俳句」というテーマを岡田日郎氏が話され、その中で〝俳句が川柳化している〟との発言を、私は興味深く聞いたのである。

その時、一種の興奮を憶えた。いまから五十年も前の短歌、俳句、川柳の中で痛めつけられつづけてきた川柳の地位を向上させようと、山村祐、河野春三、江端良三、高鷲亜鈍、今井鴨平氏ら多くの論客がペンを走らせたものである。現代川柳作家連盟の旗あげもその頃である。

そしていま〝俳句の川柳化〟という驚くべきことが俳句側から出ていることを知った。

岡田日郎氏も講演の中で、この俳句の川柳化をある程度肯定しているように私は受け止めた。

それだけに『俳句界』のこのアンケートの結果が楽しみでならない。結果は九月号（八月二十五日発行）に掲載されるという。私にとってとても待ち遠しい限りである。

私はもともと俳句と川柳の同列化は考えていない。むしろその違いを究明することが川柳にとって貴重であり、その違いこそ川柳がこれから進むべき方向だと信じている。

いまの川柳作品は実に広範囲になりつつある。そのひとつがサラリーマン川柳に始まる、いわゆる公募川柳の広がりをどう処理し、どう扱っていくかがいまの川柳界の大きな仕事だと言える。と同時に真剣に議論をしなければならないテーマでもある。

だからこそ私は〝俳句と川柳〟の共通性よりも、その違いを議論し、その違いを鮮明にしていくべきだと考える。

たまたま仙台の「川柳宮城野」誌七月号に、菅原孝之助が次のような一文を書いている。

「柳都川柳社の大野風柳主幹から、これからの川柳界に必要な視点を聞いている。わたくし流にその内容を要約すれば、短歌、俳句と比肩されるような川柳に高めることは勿論大切ではあるが、一方で川柳でなければ表現できないこと、川柳で表現するから輝くものを大切にすることが、これからの川柳の独自性、又は川柳がもつ広範囲な特性を高めるであろう――となる。

このことは川柳をやってきた我々が、社会的認知度を高めるために、「文芸川柳以外の〝川柳〟と名のつく諸々の川柳分野を育てることなく、無関心に放置してきたことが、川柳の持つ特性、独自性を一面で見失わせてしまったことを指摘しているようにも、感じている」とあるが、まさにその通りである。

だから、いまこそ、俳句と川柳の違いに的を絞っていくべきだというのである。日川協としても当然取り上げるテーマであろう。

話題をもうひとつ。いま盲目のピアニスト辻井伸行氏が話題をさらっている。音楽には弱い私であるが、テレビで拝見する彼の表情と、何気なく語る表現力にいつも心打たれる。

アメリカ国際コンクールで優勝、そのときの審査員のひとりは、審査ノートに書き込むのも忘れて聴き入ったと言っている。優勝の二週間後のドイツでの演奏はプレッシャーで、スタートの長い時間の沈黙も観客を引き込んだ。指揮者の三枝氏はこんなことばを吐いた。「人間とは削がれたら、削がれただけ、ある部分がでっぱるものだ」と。

演奏後「今後乗り越えていきたいことは？」の質問に、すんなりと「表現力の不足をカバーするために、音楽以外のことをもっともっと勉強したい」。更に「人間としての条件をこなしたい」と言っている。この人まだ二十歳なのだ。

なによりもショパンが大好きと言う。そして辻井のショパンを弾くと力強く答えてくれた。

2009-09 No.100

社会人講話と子供禅の集い

私の時代は、中学校はいわゆる旧制と称して五年制だった。その五年生（昭和十九年）の六月に学徒動員勤労奉仕とかで名古屋市の笠寺にある岡本工業へ動員された。飛行機の脚を作る作業で一日に二交代制で夜勤までさせられた。

全国から中学生が男、女とも集まっていた。その会社報に文芸欄があり、動員労徒だけ投稿できる詩、短歌、俳句、川柳欄があった。私の同級生で短歌と俳句を作っている者もおり、「大野、お前川柳くらいならできるだろう、投句してみろ」と言われついその気になって、三条中学校・大野英雄で投稿した。毎回私の名前が掲載された。

「よし、すべての欄のトップを三条中学生で占めようじゃないか」とリーダーが言い出した。みんながその気になった。東京、大阪、北陸から集った中学校の生徒のトップを母校の名前で占める。この喜びを求めていた。個人の名前よりも三条中学の発表に、いつしか夢中になっていた。いまでは懐しい思い出である。

ことしの六月に、その県立三条高等学校から一通の封書が届いた。内容は毎年開いている『社会人講話』の講師になってくれとのこと。

この講話はことしが六回目で、三条高等学校の卒業生で現在それぞれ専門分野で現役で活動している人たちから、在学一、二年生にこれからの道の選択と、社会人としての心構えを話して欲しいとのことであった。

百年余の伝統ある三条高校の卒業生は、いまも広い分野で活躍していると聞いた（現・泉田新潟県知事も同窓）。私は二つ返事で承知した。もちろん大野風柳としてである。川柳を教えるのではない。私が川柳から得た限りない宝ものを語ろうと思ったからである。

その日は七月十日。集合は母校の会議室だった。集った講師は十七名。ほとんど全員が現役バリバリの人である。北海道大学、明治大学、新潟大学の教授をはじめ、経済、美術、経営、文化などのノリノリの人たちでみんな若かった。画家は特に若かった。私はその中にいて年齢的な一種の劣等感さえ持った。幸いに同窓生ということで私が最高の大先輩として扱われた。旧制中学卒は私ひとり。あとは高校卒で二十回以上の卒業回数ばかり。私はその時ふっと思った。

「趣味には定年がないんだ」ということ。

在学生には私たちのプロフィールと専門課目をまとめた一覧表を配布し、各人が自由に講師を選べるようになっていた。

講座は一時間三十分である。私を選んでくれた生徒は約七十名。全体でも多いように聞かされた。

私は原稿なしで、頭に浮かぶ川柳から得た宝ものを話しつづけた。昭和二十年三月の三条中学校の卒業式を名古屋の地で行ったこと、卒業後も六月までそのまま働きつづけたことなどなど——。

私が何を語ったかよりも、終わって一カ月後、受講の生徒たちの感想文が送られてきた。その文を抜粋して述べてみたいと思う。

「私はいま、文、理系への進路で大きく迷っています。数学がとても苦手だからです。しかし先生の話を聞いて気付かされました。苦手ではあるが嫌いではない。あえて苦手なものに接してみるのも悪くないと思うようになりました」

「つまらないものの中にも真理があるということを知りました」

「成績の悪い教科が自分に向いてないと決めつけてはいけないと分かりました」

「苦手を得意に変えることはできなくても、好きに変えることができるかも知れないと思いました」

「当り前のことを当り前に終ってはいけないのですね」

「とにかく自分を大切にすること、これからそうします」

「先生の趣味である川柳は、先生の人生観に大きな影響を与えたということで趣味を持つ大切さを知りました」

「まず自分が変わらなければいけないとつくづく思いました」

「ただ技を持っているだけでは意味がなく、その技を使う自分を成長させることが大切だと思いました」

「自分に力があっても、ないように私は逃げていました」

「お話の中にあった〝人間は削がれたら削がれた分、どこかがでっぱってくるもの〟という言葉は本当ですね」

「自分にもっと自信を持ち、前へ進む強さをいただきました。これを忘れずに希望した進路実現に努力していきます」

「先生は川柳が自分に変化をもたらしたものだとおっしゃっています。私もそのようなものに出会いたいです」

「人生における師に出会うことも大切ですね、内側までしっかりと厳しい目を持つそんな人になりたいです」

「〝自分を大切にしよう、自分から一歩前に出る〟ということばが心に残りました」

「先生が生きて来られた中での〝経験〟を話してくださって、ありがとう」などなどが書いてあった。

私の話そのものを聞いて、生徒たちは今度それぞれ自分のことばで感想を書いてくれていた。それが何よりも嬉しく思った。

そして、今回の社会人講話に出席して一番感じたことは、川柳界の高齢化だということを告白しておこう。

さて、もうひとつ、それは毎年開かれている〝子供禅の集い〟にことしも参加し、集った小学生（約七十人）の子供たちに集いのしめくくりとして川柳で思い出をまとめて貰った。中には九句も作って自慢していた子供もいた。

一泊二日のこの集いには、座禅、読経、掃除、体操、老人ホームでの慰問、プール、ドッジボール、きもだめし、花火あげ、就寝などなどを体験、それを五・七・五で表現して貰った。

ことしの私が選んだ上位句は

お化けにはあいさつしたらいいんだよ　間野　道仁
きもだめしおとどしよりもおもしろい　野崎　真子
ざぜん中ミンミンと鳴くセミの声　由野　凱
この集い花火のように終りなり　吉田　優斗

小学生らしい着眼と表現を味わってあげて欲しい。やたら添削はしない方がよいとしみじみ思った。大人の句に近づけない方がよい。

短詩型の翻訳など

2009-10 No.101

ありがたいことに、私には川柳以外で大勢の友がいる。いや師と言った方がよいのかも知れない。

そのひとりに蒲原ひろしさんがいる。蒲原さんは医師であり、俳人であり、更に住職さんでもある。

新潟では文化人としてトップの存在で、その講演の内容の深さと幅の広さは追従を許さぬほどである。

昨年出版した「定本・大野風柳の世界」で私のことを次のように書いてくださった。

「風柳さんと私が共通しているのは、共に理科系の教育を受けたのに、文芸が好きなことである」と。

蒲原ひろしさんは俳誌「雪」を主宰され毎月俳論を書いておられる。

私にとって最高の教材であり、今月も「俳句の推敲・改作と翻訳」と題して書いておられる。

非常に参考になるので紹介してみよう。

それは、芭蕉の《古池や蛙飛びこむ水の音》や、《閑かさや岩にしみ入る蝉の聲》が完成するまでの作品の推敲の段階を語り、「名句が生まれるまでの推敲の妙に驚くよりも、骨を刻む思いをすると表現される、いわゆる彫心鏤骨の行ともいえる推敲の大切さに思いを致すべきである」と述べておられる。

更に《閑かさや岩にしみ入る蝉の聲》の英語訳を、東大文学部准教授の訳と、ドナルド・

キーン氏の訳を並べて、後者の訳には・ｉという母音が七回出ており「いー、いー、」という七回の・ｉは蟬の声を表わしていると言う。

つまり、音韻的効果に敏感に、それを重要視する外国の詩についての学識と実践が身についているという。

そして、キーン氏が告白しているように「俳句を日本語以外の他国語への翻訳は不可能」というのが文学上の常識であるように思うと蒲原さんはいう。

更に蒲原さんは八十年前の高濱虚子の〝俳句の翻訳〟という小論を紹介している。参考になるので次に紹介してみよう。


「私はかねてからこう思っておる。俳句を翻訳などすることは無益なことであって、その面白味を西洋人に知らしたいというならば、西洋人に日本語を解《わ》からし、日本に生活させ、日本人同様にするより外に方法はないと思う。……翻訳といったところで、唯その意味を汲みとって註解をする程度のものである。

本当の面白味を知るのは西洋人が日本人の生活をして日本の言葉を知り、日本人になり切った上でなければ駄目だと思う。第一日本人にしてからが俳句の趣味を解する人はまことに少ない。その少ない人の中でも殊にわれらの客観描写の趣味を解する人はまことに少ない。まして西洋人に翻訳などをして本当に俳句の趣味を伝えようとすることは、それは全然無駄なことであると考える。がしかし諸外国の人々が俳句というものを知りたがって居るということはまことに結構なことである。

初めは加賀千代の句とか、一茶の句とかいう主観の強い句から判らせ、だんだんと客観の俳句の方に導いて行くことが出来れば結構なことである。やがて熱心な俳句研究者が出て、日本人の生活をし、日本の言葉をつかい、本当の俳句の趣味を解するものが出て来ることを庶幾せられないことでもあるまい」(「ホトトギス」昭和四年五月)

そしてすぐその翌年に、

「西洋人であっても日本の言語風俗習慣に慣れ親しんで行った結果、俳句の趣味を解する者が出来ないとは決して断言する事は出来ない。

かえってその西洋人によって日本人が覚醒され教育される時がないとも限らない」(「ホトトギス」昭和五年九月)を発表している。

蒲原さんは更にこう書いている。

「江戸時代でもオランダ商館のズーフやシーボルトもたしなみとして俳句を作っていた。それを思うと、おかしな『ＨＡＩＫＵ』などと称するわけのわからぬものは俳句の奇形児といえよう。下手な外国語への翻訳より、日本語を習熟できる教育レベルの高い外国人に日本語での俳句を作ってもらう方が、よほど日本人や俳句界への刺激になるのではなかろうか。

日本人の俳句人口の老齢化を思うと外国からの一刺激がほしい気もする。

俳句のグローバル化は虚子の見解が主体性を持った正統なものであることを現代の俳人はしっかりと認識してほしい。原句の作者が首をかしげるようないいかげんな翻訳は百害あって一利なしである。」と。

今月は蒲原ひろしさんの文を引用して、それで終ってしまった。

川柳の国際化という現状の中で考えねばならぬことが多い。参考にしていきたいと思う。

戦友と言ってくださる蒲原さんは八十歳の後半に入っていることを付記しておこう。

ふたりの鶴彬

2009-11　No.102

「川柳マガジン」十月号に「生誕百年記念特集・プロレタリア川柳作家鶴彬」が掲載されていた。

たまたま十月二日（金）に鎌倉の建長寺で「鶴彬と今、川柳の未来」というパネルディスカッションが、建長寺川柳シンポジウムの中で行われることになっていた。

このシンポジウム実行委員長の尾藤三柳はこう言っている。

「（前略）半面、川柳を支えてきたはずの川柳界は、社会の高齢化の波と軌を一にして、しだいに『限界文芸』の様相を見せはじめている。今日の、さらに明日の川柳のあるべき姿に思いをいたせば、川柳家にとって重要な時期にさしかかっていることは事実である。

このたび、鶴彬の映画上映を機に、川柳の現在と未来を考える場を作ろうと有志が行動を起こし、そこに、川柳家だけではなく市民運動の輪が加わったことは、新しい川柳の展開にも大きな期待を抱かせる。

　また、阪井久良伎と並び川柳中興の祖のひとりとされる井上剣花坊に因みある鎌倉の建長寺というロケーションの中で、中興から百年を閲した川柳界の現在と将来をもういちど語ることは、新川柳百年の得失を顧みるに相応しい場でもあろう。ここから川柳の未来が明るく見出されるような発信があることを期待する」と。

　今回のシンポジウムは、鶴彬生誕百年を記念して①井上剣花坊・鶴彬追悼法要、②神山征二郎監督作品映画「鶴彬こころの軌跡」上映会、③「自由」をテーマにした川柳公募表彰式、④記念講演「鶴彬と井上剣花坊」講師尾藤三柳、⑤パネルディスカッション「鶴彬といま・川柳のあした」パネリスト大野風柳・加藤仲代・高鶴礼子・コーディネーター尾藤一泉、⑥記念句会・選者に太田紀伊子・佐藤美文・西來みわ・菅原孝之助・山崎蒼平。この六セクションで構成されていた。

　いささか押し込み過ぎとは思うが、折角のチャンスをという企画者の願いが伝わってくる。

　私はパネリストとして、シナリオ作家の加藤仲代、時実新子の高弟で鶴彬ファンの高鶴礼子と三人で一時間十五分を語り合った。内容は鶴彬の川柳と自分との関わり、鶴彬の作品を通じて文芸と社会の関係、現在の川柳は鶴彬の頃の論戦が活発だった時代と比較して果してどうか。更に来るべき将来の川柳のあるべき姿などであった。

限られた時間のため、テーマが大きすぎて具体的なディスカッションまでは至らなかったが、参加者が川柳家だけでなく一般市民も多かったので、川柳の社会への呼びかけにはなったと思う。

とにかく社会に向かって仕掛けること、つまり行動することである。私は今回の企画は成功したと思うし、その中のひとりであったことを喜んでいる。

大正から昭和にかけて鶴彬という一人の川柳作家が存在し、彼は自分が信じる生き方を、川柳で表現しつづけ二十九歳という短い人生を燃焼しつづけた。

彼が残したことばの中で「僕はむしろ頭脳で考えるよりも、胃袋で直感した」には感動した。彼のすべてを言い表している。

私は今回、全日本川柳協会理事長というよりも、二十歳で柳都川柳社を立ち上げ、六十余年主幹として継続してきた体験の中からのことばとして、〝バランス〟を強調した。リーダーとして指導者としてこの〃バランス〃感覚があったればこそ続けてこられたと訴えた。

たまたま、今回の記念講演で尾藤三柳氏が『傷だらけの天才・鶴彬の川柳と生活』と題して一時間講演された。

その中で「得意絶調の川柳論文や鋭い川柳作品ともうひとつ就職への依頼や金銭への甘えの無心を見ると、二人の鶴彬が居ると思えてならない。この厳しさと甘えのアンバランスがとてもおもしろくもあり気になる」と言っている。

社会環境のためか、あるいは年齢のせいか分からないが、私は彼のこのアンバランスの人間性にむしろ親しみさえ感じたのである。

遠くに存在していた鶴彬が、すぐ隣にまですり寄って来た――そんな感じがしたのである。私としてはこのアンバランスがひとつの救いのように思えてならない。

もうひとつ付記したいことがある。

次の（故）石原青竜刀のことばを紹介しよう。これは昭和四十一年の「諷詩人」誌に掲載されたものである。

『鶴彬句碑除幕式の後で開かれた座談会は、主として鶴彬の郷里の人たちの思い出話を聞いたのだが、鶴の若い時のエピソードのいろいろを通じて、特に興味が深かったのは、ぼくの概念していたイメージと全くこと変って、すべてにおいて〝明るさ〟につつまれたものであるということである。あの作品にみる冷厳な批判精神の所有者が、反面すぐれたユーモアリストであったことを知って、ぼくは、非常に意を強うした。

同時に、親戚故旧から、いまでも非常に愛されている「遺徳」の存在を知り得て、さらに爽快をおぼえた。なおこの座談会で話に上がった鶴彬の作品のうち、ぼくのいままで知らなかった〝豆腐、豆腐、大学を出た豆腐〟というのが特に感動をそそった。今日でもそれは新鮮感があり、ぼくは「まけた」とおもった。まさにわれらの「諷詩」の先しょうをなすものではないか。』

川柳非詩論者の石原青竜刀が降参しているところがとてもおもしろい。

今回新葉館ブックス『鶴彬の川柳と叫び(尾藤一泉編)』が出版された。その中の作品を拾ってみよう。

燐寸の棒の燃焼にも似た生命《いのち》
表現派の様な町の屋根つゞき
散る菊へ私一人だけが泣く
思ひつきり笑ひたくなつた我
可憐なる母は私を生みました
銭呉れと出した掌は黙つて大きい
塩鮭の口ぱつくりと空を向く
鉛筆の芯幾人の舌にふれ
甲虫《かぶと》の首の細さを知り得まい
鍬だこにあはやペンだこ敗けんとす

私たちはあまりにも鶴彬の作品を先入観で見すぎてはいないだろうか。ごく自然に鑑賞してあげてはどうか。

今回の川柳シンポジウムの開会の辞の、わかち愛さんのことばが耳に残っている。

「今日の雨は、こんなに暖かく皆さんが集ってくださったことへの鶴彬の喜びと感謝の涙雨に違いありません」と。

2009-12 No.103

十四年前の祝辞

日川協の大阪常任幹事会に挨拶のため出かけたついでに、日川協事務所と「川柳マガジン」発行所である新葉館出版を訪ねた。十年以上前にも一度訪ねたことがあった。新葉館での二時間近い松岡恭子代表との会話は、実に楽しくその内容は広がるばかりであった。その時彼女が何を思ったのかスーッと立ち上がり、書棚から「オール川柳」の創刊号（平成七年十二月号）を持って来た。

そこには創刊を祝して三名のお祝いのことばが掲載されていた。三名とは当時の日川協会長・仲川たけし、理事長・山田良行、そして私大野風柳であった。

なぜ、私が原稿依頼を受けたのか今でも不思議と思っている。

その私の祝辞のテーマは「川柳を探す旅」としてあり内容は勝手に書かれていて、少しもお祝いのことばになっていないのである。

私はしばらく私の書いたものを読んでみた。その時、いまの「川柳マガジン」の愛読者に読んで欲しいと思った。「オール川柳」で連載していた〝うめぼし柳談〟は一冊にまとめて発行されているが、この「川柳を探す旅」は掲載されていない。そこで松岡代表との話し合いによって今月掲載することにした（一部書き換えたところもあり）。

○　○

『美しい文章より真実の文字を書きたい』

これは、四十歳すぎて〝或る小倉日記伝〟で芥川賞を受賞した松本清張のことばである。

私の大好きな大好きなことばでもある。

私たち川柳家も、真実の文字で五・七・五と取り組むべきであるからだ。

真実の文字から、真の笑いが、真の怒りや、真の悲しみが生まれる。

読む人を笑わせるものではなく、自分で笑うことが本当の川柳の笑いであろう。

『飲み易いワインを頼んだら、味のないワインが出て来た』

『くせのあるワインを頼んだら、おいしいワインが出て来た』

一見、矛盾のようにも思えるこのことばに、人生の真理があると思う。

〝くせのある人間〟が、とかく人から嫌われ、本人自身も欠点のように思った時代もあった。

みんないい人で常識的で、人に逆らわず、自分を殺して同調する人づくりがおこなわれた時代のためであろう。

そもそも人間はすべて違う。違う人生を歩いているもの。親と子も、夫と妻も、ましてや他人同志はなおさらのこと。この違いを知り、認めてこそ自分の作品が書けるのだ。違いがわかる川柳家であって欲しい。

『名医を選ぶことより、名患者になるべし』

私は七年前（平成七年時点）に大腸癌で二回に亘って大腸の三分の二を切除した。そしてその二度目の手術後、地獄の如き苦しみを味わった。排便機能が狂い、垂れ流しの三週間を経験した。そのとき千葉にいる娘から「大腸を憎んではいけません。大腸もお父さんと一緒にこの世に生まれ、六十年間の友達ではないですか。ただちに大腸と仲良しになってください。手を組んでください。そして優しいことばをかけてあげてください」という手紙を貰った。

それまでは、お前（大腸）のために苦しめられていると思っていたが、お前（大腸）も苦しいのか——という気持ちになれた。

病気は自分で治すものだと悟った。薬よりも自分の体を信じること、つまり名患者になることにより生き返ることができた。

あなたの川柳は、あなたしか書けないのだ。

『てのひら絵本は三歳まで』

母親が子供に、自分のてのひらを見せて「大きな原っぱでしょ。ホーラ花も咲いている。

いい匂いだこと。アレー蝶々まで飛んでいるわよ。ホーラ向うに大きな山があるでしょ。木も高いわね、オヤ鳥が鳴いている。アーアー逃げちゃった」と語っている。子供は真剣に目を輝かせて聴いている。まさに右脳の世界である。

その子供も三歳までだという。四歳以上になると、たったひとこと、「何もいないじゃん」。私たち川柳家は、もう一度三歳児に戻ってはどうか。いま真剣にそう思う。

『楽しいラの職場、楽しいラの家庭、楽しいラの世界』

オーケストラの音合わせは、四四〇ヘルツの周波数の〝ラ〟だという。時報の最後のターンも〝ラ〟だそうである。

そうだ、ラの川柳界、ラの集団、そしてラの『オール川柳』でいこうじゃないか。

以上が私の祝いのことばである。その最後の〝ラのオール川柳〟——いま思うにこれを言いたかったのだと思う。

2010-01　No.104

立ち止まって考えてみよう

十一月二十九日の〝つくばね番傘二十周年記念大会〟で、私は「ホンモノ賛歌」という川柳トークをやらせて貰った。

いずれトークの内容は〝つくばね〟誌上に掲載されると思うので省略するが、この辺で「ホンモノ」ということを川柳界で再確認をして欲しいと思っている。

この「ホンモノ」の言葉で私はいつも相田みつをを思う。

〝つまづいたっていいじゃないか　にんげんだもの〟〝いまここにだれともくらべない　はだかのにんげん　わたしがいます〟〝道はじぶんでつくる　道は自分でひらく　人のつくったものはじぶんの道にはならない〟

これらの相田みつをの言葉を通じて分かることは、自分が自分になることこそホンモノだということではなかろうか。

そして〝人間としてのいのちの根がふかくなる〟ことを言っていると思う。

つまり他人との比較を一切捨てることである。

テレビのコマーシャルでこのような言葉があったと記憶している。

〝他人とくらべることを止めたら　自分が愛しくなって来た〟

これはオンリーワンの世界そのものである。

この現代川柳時評でも取り上げたようにも思うが、次の言葉をもう一度紹介させていただく。

・他人より秀れたものを作るのではなく他人と違ったものを作る。

・一位を目ざすのではなく特別を目ざす。それだけで人生は充分輝く。

・ことばはその内容だけでなくそのことばを誰が言ったかによってパワーも説得力も違ってくる。

これらの言葉を、いまの川柳界は忘れかけているのではなかろうか。

私のメモ帳にこんなことが書いてあった。

数年前どこかから依頼された選の総評だと思う。

「イチロー選手がいい感じでテレビなどで語っている。あれだけの力を持ってくると風貌も貫禄が出てくるのが常識だが、彼は逆にシンプルになって来ている。無駄な部分が消え、彼本来の彼自身の顔になって来ているのは凄いと思う。そもそも貫禄とは、威風堂々となることではなく、その人のホンモノになることが真の貫禄ではないかと思う。

どうもそう考えるのが正しいようである。

川柳にも同じことが言われる。自分という人間を求めながら句を書きつづけていくと、付加されることではなく、消去してゆくことになるのではないだろうか。

今回の選に当って感じたことは、あまりに表現に力が入りすぎているということ。まず着眼にもっともっと時間をかけて欲しい。そして自分という人間をもっと見つめて欲しいと思う。

最近とくに感じていることをありのまま述べさせていただいた。」

今でもそう思っている。

昔のことで恐縮であるが、ソニーの厚木工場を改革した小林茂さんの言葉を思い出す。

それは
「技法は実行によってのみ身につく」である。
相撲の世界でも軽量だった故二子山親方もこう語っている。
「相撲が強くなって、はじめて技が出るのだ」と。
川柳の世界でも川上三太郎の言葉がある。
「器用な句は技が残り、不器用な句は人が残る」と。

いまでも同じ感動を

2010-02 No.105

私は、昨年の十二月号の本誌に「楽しいラの職場、楽しいラの家庭、楽しいラの世界」を書いた。実はこの発言者はフジゲン(株)の横内祐一郎さんである。

今から十七、八年前になるが、私が新潟県の職能開発プランナーをしていた頃、東京の講演会で開いた横内さんの言葉である。

この「ラ」がオーケストラの音合わせで、四四〇ヘルツの周波数と知った。

その横内さんがおっしゃったことで今でも憶えているものがある。

「社長とは吸取紙になること」。私はこの言葉を聞いて、すぐその時から吸取紙になろうと思ったのである。

その頃、私は〝魅力のある人〟とは何だろうと真剣に考えていた。また、〝魅力〟ということを、その頃いろいろな人が次のように書いていた。

・バランスがあって、かつアンバランスな人
・大病、左遷、刑務所を克服した人
・感情が豊かでいて、それが自己中心になっていない人
・私利私欲がない人
・相手に同化できる人
・よく聞いてくれる人
・あたたかみのあるベースに、情熱を持ちそのベースの上に生きる人

などなど、なかなかおもしろく表現している。これは〝才能〟というものではなく、案外普通の人のようにも見える。

また、次のような文が目に止まった。

「アメリカ人の個人主義は、己の生活を守るために他人の生活を守る。他の生活を守るということは、深く立ち入らないということ。つまり集団性を要求しない。困ったときには助ける、おのおのの生活を尊重している。だから快適で暮らし易い。」

改めてこの言葉を読んで、ふっと川柳界の中でも大切なことだと思った。

深く立ち入らず、各々が自立しながら自分の川柳を確立していく。その自立した一人一人が集った集団で川柳という舞台をみんなで飾っていく。これこそ本当の文芸のあり方であろう。

怖いのは、集団によって個が消えてしまうことだ。個を消しては何も残らない。

私が考えている集団の理想は、「ひとりひとりの顔が見える集団」である。

次は私がどこかで話をしたものである。

「二時間より一時間、更に三十分の講演はむつかしい。それは切り捨てることがむつかしいからだ。縮めるのではなく、また切り捨てるものでもない。ふくらますこと、そのためには話のエキスを見つけること、それに尽きる」

私は講演の体験からこれを知った。そして川柳も全く同じだと思っている。

これもどこかで書かれていた一部である。

「目の見えない人は、見えないこと、見えない人を考えるが、目の見える人は、見えないことや、見える人のことは全く考えない」これをはじめて読んだ頃、私がガーンと殴られた思いをしたものだ。

そして見えるから考える必要はないという怠慢さが許せなくなった。

同じ頃、金子兜太がこう書いていた。

「川柳の筆頭株主は、風刺・諧謔である。一方〝心〟という株主もあるが、それは過半数を越えると川柳株はつぶれる」と。

この内容は全国の川柳家を怒らせるに違いない。しかし冷静に川柳と俳句の境界線を考えると、ある程度理解できる内容だと言える。

考えてみると、これは金子兜太だから言えると言ってよい。

すばらしい言葉は、いつの世でも時代を超越して引き継がれるものだと確認できた。川柳界も四十年前に戻る。これも大切なことだと思うのだが――。

2010-03 No.106

作家論は何処へ?

十日町川柳研究社の西郷かの女さんから一冊の柳誌が届いた。

そこには一筆箋でこう書かれていた。

「私の所属しております〝新思潮〟が、作家論の特集を一〇〇号記念として組みました。ご笑覧ください」と。

〝新思潮〟は片柳哲郎が創立した川柳社であることは知っていたが、ここ数年は手にしていなかった。

私は、この八十二ページの特集記事をむさぼるように読破した。そして感動した。大きな大きな感動であった。

現在、全国で発行されている川柳誌のほとんどが誌上競吟とか、大会入選句とか、あるいは句会報とか、いわゆる課題による作句が中心となっている。そして作家論とか、作品鑑賞とか、いわゆる川柳論を全く読んだことがない。

さらに、川柳雑誌の軸であるべき雑詠の存在感が薄い。これでいいのであろうか。と常に思っている私にとって〝新思潮〟には抱きかかえるほどの愛着を感じた。

この〝新思潮〟の特集は、主宰の片柳哲郎が「戦後の川柳作家たち」を最初に、つづいて「現代川柳を切り拓いた作家たち」と題して、中村冨二、大山竹二、今井鴨平、河野春三、泉淳夫、片柳哲郎らを、山崎蒼平、谷幹男、梅村暦郎、矢本大雪、岡田俊介、古谷恭一らが執筆している。

巻頭言は編集発行人の岡田俊介が担当、次のように書いている。

「新思潮では、100号を記念して、ささやかな特集を組んだ。かつてヴェールに包まれていたようでもある『現代川柳』の活動をおぼろげながらも書き残すことができたと思っている。現代川柳の黎明期に活躍した6作家の各作家論を、なるべく行動を共にした執筆者にお願いし、さらに片柳哲郎に、戦後、昭和20年代〜40年代の現代川柳の動きをレビューしてもらった。いずれも現代川柳の歴史の証となるであろうと自負している。（後略）」と。

私も昭和二十四年に小さなプリント誌「柳都」を発行し、ここにとりあげられた六氏ともほとんどお会いしているし、その主張する川柳論や作品に大きな影響を受けた一人でもある。

私の二十代〜三十代の頃でもあり、あるときは噛みついたり、あるときは文章や作品に感涙にむせぶこともあった。

すべてが川柳家の生きざまの叫びだったと思う。美しくもあり、また得体の知れぬ重い重いものを私は感じた。

今回は限られた中で中村冨二に絞って書くことにする。〝新思潮〟では山崎蒼平が担当しているが、そこで紹介された冨二のことばを取り上げてみよう。

それは冨山人と称していた頃、「鴉」誌上で発表された。

「川柳界の古く美しい実在なのであろうが、それは糠味噌のように日本人的な臭気をあやしく放つばかりだ。桶の中の此方の茄子を彼方へ、彼方の胡瓜を此方へ、臭気は著しく立上る。（中略）柳人は糠味噌である技術に酔って桶の中で動き、柳人以外の人は匂いのみが川柳と思い作家の人間は相手にされない。（中略）とにかく柳界は今、糠味噌桶で柳人同士酔っている。然も柳界は桶の中の忙しさである。」（昭和二十六年九月十五日）

さらに、次のようなことも説いている。

「作句の上手さが佳句への条件である場合の方が遥かに多い。では先ず作家は上手くなければならぬか。娼婦の媚びのように、惑いは読者をねじ伏せ様とするのか？（中略）ただ良い作家とはあくまで美しい〝人間〟であるべきであろう。そして作家として存在する時、逞しい表現技術を身につけていなければなるまい。具象化された一作品は作家の匂いがし、叫びが聞こえる。そしてそれは総ての意味で美しくなくてはならない」。

筆者の山崎蒼平は次にこう付記している。

『つまり、高度な表現技術が伴わないと芸術作品まで昇華できないと説いているのであり、「もはや川柳に残されたものは技術だけである」は、冨山人の指向と誤解されている面があるので紹介した』と。

中村冨二の作品で、
《たちあがると、鬼である》というのがある。ひととき（今でも）この句に私は魅了された。彼は句会の鬼とも言われ、句会の課題と正面から取り組んだ。そして名句を多く残している。若い頃の私の目標だった。
そして一度だけ横浜の古本屋を訪ねたことがある。冨二が経営している古本屋はすぐ分かった。快く迎えていただき、狭い階段を登って裏屋根の書斎で二時間ほど会話を交わした。その時の内容は忘れたが、冨二が語り部のように話されたその雰囲気だけははっきりと憶えている。いや、この温い温い体感を今でも大切にしている。

とにかく凄い作家であった。

最後に、句会への警鐘語録とも言うべきことばを紹介しよう。

「めぐり逢いの広場であり、職人の世界でもあると言えば叱られそうだが、句会には優れた遊びの精神がある。それを愛し、愛するに足りる事で句会はボクにあると、（少し甘えているのだが）…時には個人の主張を捨てさせる〝句会・秩序〟を憎んでもいる」

「〝離合集散はすべからく華やかなるべし〟との古語がある。句会が華やかかどうかは別として祭りのあとの哀しみは個人のものであり、ボクにとって句会は悪いものではない。逢うて、は別れる足跡に、挨拶の川柳が残ると信じよう」。

これらは、現在の川柳界への警鐘そのもののように私は受け止めたい。

今回の〝新思潮〟は私にとって身から離すことのできないものになるであろう。

（今回は中村冨二のみに絞ったが、いずれ機会を見て他の作家にも触れたいと思っている）

もう一度考えてみよう

2010-04 No.107

一九九九年十一月に発表された〝二十世紀に残す〟として、井上ひさしの次のことばがある。

むずかしいことをやさしく書く
やさしいことをふかく書く
ふかいことをゆかいに書く
ゆかいなことをまじめに書く

やがて迎える二十一世紀に向けて、二十世紀に残しておきたいことばと言う。やはり凄い人だと思った。この発想のおもしろさ、と言うと失礼かも知れないが、普通だと二十一世紀へのことばとするであろう。それを〝残すことば〟と表現する。

やはり凄い。

私はいま、これからの川柳を真剣に考えている。

数年前に川柳発祥二五〇年の記念行事が行われ、初代川柳時代から平成のいままでの資料展示や、講演会、川柳大会などに私も関わったが、この意義ある年に出会った自分の幸せをしみじみと感じたものである。

だからこそ〝これからの川柳〟を考えるようにもなった。その責任を感じたのである。

それから私の頭には常にこのことが離れなかった。模索のつづくなかで、これこそ全国の川柳指導者ひとりひとりが考え、それぞれの違った意見の披露、いや議論を闘わせるべきだと思った。

〝これからの川柳〟、百人集まればすべて違う筈である。何も今、結論をまとめることはない。

むしろ全員違った方がよい。違うから意味があるのだ。どこかで、誰かがやらねばならないことである。

私は私なりに思考しているとき、この井上ひさしの短いことばと出会った。そしていささか高ぶっている気持をやわらかく包んでくれた。

この実に平易な表現が、私を癒してくれた。

「やさしく書く」『ふかく書く』『ゆかいに書く』そして「まじめに書く」。

親が子どもに、日常の中で悟すことばではないか。

問題は、この「やさしく』『ふかく』『ゆかいに』「まじめに」のことばの深さをわれわれは忘れていたようだ。この四つのことばの持つ世界を知ることだと気づいた。

そして、便利にだけことばを使ってはいけないと思った。

もうひとつ、フランスの詩人批評家のニコラ・ボワローが次のように言っている。
誰もが経験し　誰もが知っていながら　これまで誰もが口にしなかったような事柄が
初めて表現されたとき　詩は最も感銘深いものになる

誰もが経験し、誰もが知っていることはいくらでもある。つまり当り前のこととして表現しなかった。見逃したのではなく自分自身が逃げていたのである。

川柳は日常会話語でよいというから、逆に避けていたことはないだろうか。

川柳家の気持のなかに、妙に背伸びの姿勢で寄りかかってはいなかったであろうか。

こんなことを考えてくると、あの井上ひさしの「やさしく」「ふかく」「ゆたかに」「まじめに」が更に大きく迫ってくるように思う。


最近、私は「川柳」を人生の仕事として選んだことを喜び、感謝さえしている。

私の場合は、本当に偶然に川柳と出会っただけにその思いは深い。

この「人間を詠う」川柳の重さを身に沁みて感じる。人間が人間を詠む——こんなすばらしい世界と出会った。そして数多くの宝ものを得た。それは私の宝ものなのだ。

私はいま、川柳大会のスローガンに〝新しい自分との出会い〟を挙げている。

川柳は、他人との出会いと同時に、新しい自分との出会いのチャンスでもある。

この人間を詠むチャンスを自分のためにこれからも喜びと誇りとしていきたい。

あとがき

しみじみ思うことは、川柳の世界に入っていなかったら、どんな人間になっているだろうか。

とても怖い想像である。

昭和二十三年の秋に「夕刊にいがた」に川柳欄が誕生した。これがきっかけだった。昭和二十三年に私は学校を卒業して社会人になったばかりだった。

その年の秋に阿達義雄先生宅を下駄履き浴衣姿で訪ねた。「夕刊にいがた」の川柳欄選者の阿達夜潮音先生との初対面だった。私が二十歳のときである。

その夜、「川柳誌を作ろう。あなたがやりなさい」と。まさに天命だった。

翌年の一月に創刊号「柳都」が誕生した。プリント誌十ページだった。

そして私の「柳都」発行と、サラリーマンとの二重生活が始まった。

それから六十二年経った今も「柳都」は続いている。

この六十二年間の思い出は数え切れないほどだが、その思い出は丸い塊りのようなのだ。決して一直線ではない。その塊りの中に六十二年の歴史がごちゃまぜになっている。だからいつでも取り出せる。十年前も三十年前も六十年前も、鮮やかにそこだけを取り出せるのである。

このことは六十年余り「柳都」を全く休みなくつづけられたからであろう。

「柳都」を発行して約二年後に結婚、柳都に記事を出しても一通のお祝いもなかった。記事が小さかったためか、私の年齢を隠していたため再婚だと思われたらしい。

その後、川上三太郎との出会いは、私にとって人生最大のカルチャーショックでもあった。白石朝太郎との出会いもそれ以上だった。お二人からは川柳は何ひとつ学ばず、人間の生き方を教わった。

私は子供の頃から人間が好きだった。それが何よりの幸運だったとも言える。

北越製紙(株)に入社して、ずうっと研究畑で二十年、突然、研修担当として人事の方へ回された。人間の意識改革に全力を尽くした。この人事をいま私は感謝している。

その後、定年退職の一年前に新潟県生産性本部常任理事事務局長となり、県内の労使関係や組織運営、企業カウンセラーなどに携わった。

これらの職業と川柳とがお互いにからみ合って今の私が存在する。

つまり「川柳」の中での人間凝視がこのむつかしい仕事を支えてくれたと思う。

いま言えることは「川柳よ、ありがとう」の一言に尽きる。

もう一度「川柳よ、ありがとう!!」

平成二十二年六月吉日

大野風柳

【著者略歴】

大野風柳（おおの・ふうりゅう）。

本名・英雄。1928年1月6日、新潟県生まれ。

1948年、20歳で柳都川柳社を創設し主幹となる。その他、(社)全日本川柳協会会長、『読売新聞』新潟版「越路時事川柳」選者、新老人の会川柳選者、日本現代詩歌文学館常任理事、TV・ラジオ川柳コーナーパーソナリティなど多数。

編著書に『浄机亭句論集』『浄机亭随想』『鑑賞・川上三太郎単語』1〜5集、『句論集・風花』『五七五のこころ』『花る・る・る』『定本 大野風柳句集』『しみじみ川柳』『白石朝太郎の川柳と名言』『うめぼし柳談』『川柳よ、変わりなさい！』『定本 大野風柳の世界』『川柳作家全集 大野風柳』。

川柳総合誌『川柳マガジン』に「現代川柳時評」を好評連載中。

2003年、春の叙勲で木杯一組台付を賜与される。

川柳を、はじめなさい！

○

平成22年7月17日　初版発行

著　者

大　野　風　柳

発行人

松　岡　恭　子

発行所

新　葉　館　出　版

大阪市東成区玉津1丁目9-16 4F 〒537-0023

TEL06-4259-3777 FAX06-4259-3888

http://shinyokan.ne.jp/

印刷所

FREE PLAN

○

定価はカバーに表示してあります。

ISBN978-4-86044-401-3